KB154656

걷다 보면 어른이 되어 있겠지

걷다 보면
어른이
되어 있겠지

초판 1쇄 발행_ 2021년 3월 15일 | **초판 2쇄 발행_** 2021년 11월 10일
지은이_ 황인선 | **펴낸이_** 진성옥 외 1인 | **펴낸곳_** 꿈과희망
디자인·편집_ 윤영화
주소_ 서울시 용산구 한강대로 76길 11-12 5층 501호
전화_ 02)2681-2832 | **팩스_** 02)943-0935 | **출판등록_** 제2016-000036호
E-mail_ jinsungok@empas.com
ISBN_979-11-6186-086-2 03810
※ 책 값은 뒤표지에 있습니다.
※ 꿈과희망는 도서출판 새론북스의 계열사입니다.
ⓒPrinted in Korea. | ※ 잘못된 책은 바꾸어 드립니다.

황인선 지음

걷다 보면
어른이
되어 있겠지

꿈과희망

당신은 무슨 꿈을 담아 왔나요

"인선아, 나 결혼해."

오늘도 나는 청첩장을 받는다. 그리고 매주 토요일은 결혼식으로 가득 찼다. 20대를 넘기기 싫은지 스물아홉의 결혼식은 유독 많았다. 친구들은 그렇게 어른이 되어가고 있었다. 어릴 적 내가 생각했던 어른의 기준은 결혼이었다. 어른들만이 할 수 있는 결혼.

어른이 되기에는 아직 준비되지 않았다. 무엇보다 하고 싶은 게 너무 많다. 이루고 싶은 꿈도, 소망도 많다. 남들은 하고 싶은 게 없어서 문제라는데, 나는 하고 싶은 게 너무 많아서 문제다. 그러나 하고 싶은 것도 포기할 줄 아는 것이 어른이었고, 상대방을 위해 희생할 줄 아는 것이 어른이었다.

분명 서른이면 어른이 될 줄 알았다. 그러나 생각보다 어른의 무게는 무거웠다. 서른이라고 결코 어른은 아니었고, 아직많은 것을 내려놓을 자신이 없기에 어른이 되고 싶지 않았다.여전히 나는 꿈 많은 어린아이였을 뿐이다. 엄마가 되기 전에후회 없이 실컷 여행을 다니겠다는 생각으로 열심히 여행을 다니고 나니 이제는 그 추억을 가지고 수많은 이야기가 담긴 책을 갖고 싶다는 꿈이 생겼다. 서투르니까 의미가 있던, 부족하니까 소중했던 그때 그 시절의 여행 이야기를 간직하고 싶었다.

시간이 지나면 자연스럽게 어른이 될 줄 알았지만, 어른이되려면 노력이 필요하다는 것을 깨달았다. 노력 없이 생기는나이는 성장의 척도가 되기에는 불충분했다. 세상은 멋지게도전하며 살라고 외치지만, 막상 새로운 길에 뛰어들려고 하면 언제 철들 거냐며 비난한다. 철부지로 바라보는 주변의 시선이 따갑다. 해보고 후회하는 것이 안 해보고 후회하는 것보다 낫다고 생각하기에 하고 싶은 것은 하고 살려고 노력 중이지만, 세상은 그런 나를 보고 어른이라고 인정해 주지 않는다. 이렇게 사나 저렇게 사나 어차피 눈치 받으며 살 거, 이왕 하고 싶은 거 하면서 눈치 보며 살련다.

　하고 싶은 일을 찾으러 앞만 보고 달렸던 그 시절을 지나, 지금도 여전히 꿈을 꾸는 서른짜리 어른의 인생 이야기를 적어 내려가면서.

Contents

2장
꽃을 가꾸는 중입니다

3장
꽃이 다시 피었습니다

1장 —

꽃은 지지 않았습니다

삐빅- 경로를 이탈하였습니다.

분명, 이 길이 맞는데?
여기만 바라보고 앞만 보며 달렸는데 경로를 이탈했다니요.
그 험난한 길을 어찌 다시 시작하나요.

경로를 이탈한 자가 할 수 있는 건 딱 한 가지. 다시 돌아가는
것. 경로를 이탈한 나는 퇴사를 선택해야 했다. 퇴사 의사를 밝
히자 주위 사람들이 조언을 쏟아내기 시작했다. 언제부터 나에
게 이렇게 관심이 많았는지. 물론 이해는 갔다. 내가 그토록 원
하던 직장이었으니 그만둔다는 게 안타까웠겠지.

그냥 버티란다.
그냥 버텨서 상황이 변한다면 계속 버텼지 퇴사를 왜 하겠나.

그들의 말처럼 나는 취업 준비 시절부터 항공사라는 목표만을 두고 열심히 준비했다. 닥치는 대로 이력서를 쓰다가 어쩌다 운 좋게 합격한 곳이 아닌, 간절했던 만큼 철저히 준비한 끝에 어렵사리 취업한 곳이었다. 그렇기에 그들의 조언을 이해하지 못하는 것은 아니었다. 그러나 그때의 나는, 현실적인 조언보다는 따듯한 위로와 공감이 필요했다.

"네가 오죽하면 퇴사를 할까, 많이 힘들었겠구나."

단 한 마디.

하지만 현실은 그만큼의 여유조차 허락되지 않았다. 세상 물정 모른다며 철없는 소리 그만하라는 비난도 서슴지 않았다. 하루는 편의점 의자 테이블에 앉아 엉엉 울었다. 정말 열심히 살았다고 생각했는데, 돌아오는 것은 나약하다는 낙인뿐이었다.

새로운 꿈을 향해 도전해 보겠다는 강한 의지로 퇴사를 마음먹었고, 보란 듯이 잘 돼서 더욱 떳떳하고 멋진 사람이 되겠다고 강하게 다짐했다.

이제 나약에서 씩씩이로 돌아갈 차례다.

여행을 좋아했다. 물론 지금도 좋아한다. 뜻하지 않은 시간적 여유가 생기면 항공권 가격 비교 어플인 스카이스캐너부터 검색하는 모습을 보면 분명하다. 남부럽지 않게 다양한 나라를 여행했어도 여전히 여행에 대한 미련이 남는 것을 보면 나는 여행을 좋아하는 사람이 맞다.

여행을 좋아해서 찾은 직업이 항공사였다. 처음에는 여행을 좋아하니까 여행사를 목표로 취업 준비를 시작했다. 준비를 하다 보니 여행사에서 필요로 하는 자격증이 항공사랑 동일하다는 것을 알고 이왕 준비할 거 있어 보이게 항공사를 가야겠다고 생각했다. 어이없는 허세가 나를 항공사 취업 준비생으로 이끈 셈이다. 물론 승무직은 아니었다. 승무원을 할 만큼의 외적인 조건이 부족하다는 것을 나 스스로도 알았다. 하고 싶으면 해야

하는 위험한 병에 걸린 내가 괜한 호기심으로라도 도전하지 않은 것은 참 다행이다. 꿈꿔온 직무는 지상직이었고 본사든 공항이든 상관없이 채용공고가 뜰 때마다 전부 지원했다. 그렇게 나의 첫 번째 취업 준비가 시작되었다.

하고 싶으면 해야 하는 병, 적어도 좋은 병은 아닌 것 같다. 그만큼 실패의 경험도 상대적으로 많아진다는 소리고, 내려놓아야 할 기존의 것들도 많아진다는 소리니까. 남들은 하고 싶은 것 다 하고 사니까 멋있다고 칭찬해 주기도 하지만 일부 몇몇은 생각 없이 사는 철부지라며 비난했을 게 분명하다.

그래도 어쩌겠나, 내가 그런 병에 걸린 것을.

항공사에 취업하고 싶다는 생각이 든 이후로 꿈을 이루기 위해 앞만 보고 달렸다. 항공사 직원으로서 외국어 능력은 필수라고 생각했기에 영어는 물론 중국어 공부도 시작했다. 4학년 1학기에 중국 대련으로 교환학생도 다녀왔다. 졸업과 취업 준비를 앞둔 4학년이 교환학생을 가는 것은 흔치 않다. 그래도 중국어라는 목표 하나만을 위해 무모한 결정을 내렸고 누구보다 절실했기에 교환학생으로 있는 동안 정말 열심히 중국어 공부를 했다. 의도적으로 현지인 친구들을 사귀어 중국어를 쓰는 환경에 최대한 익숙해지려고 노력했고, 시간이 나는 대로 여행을 다니는 것도 잊지 않았다. 물론 여행순이의 명성에 걸맞게 여행이 좋아서 다닌 거지, 중국어를 배우려고 여행을 다녔다는 것은 커다란 핑계지만, 놀랍게도 여행을 다닐 때 회화가 가장 많이 늘었다. 비행기가 취소되는 상황, 예약해 놓은 숙소가 사라진 상황 등 예상치 못한 다급한 상황에서 살기 위해 중국어를 쓰고 있는 내 모습을 발견할 수 있었다. 특히 영어가 통하지 않는 중국에서는 죽이 되든 밥이 되든 어떻게든 중국어를 사용해서 여러 가지 난관들을 극복해야 했다.

짧지만 알찼던 교환학생을 마치고 한국으로 귀국하자마자 오픽 중국어 회화 시험을 쳤다. 결과는 만점이었다. 아직도 어떻게 만점을 받았는지 의아하지만 짧은 기간에 비해 중국어를 많이 배운 것은 사실이다.

어느 정도 어학 자격증은 준비가 되었고, 어학 준비가 되니 항공사 입사에 대한 열망이 더욱 커졌다. 결국 지상직학원까지 등록하면서 서류 준비며 면접 준비를 했다. 등록비는 결코 저렴하지 않았다. 취업 준비생 입장에서는 굉장히 큰돈이었지만 항공사에 취업할 수만 있다면 아무것도 아니라는 생각에 과감히 등록했다.

이렇게 여행순이는 항공사 입사라는 꿈을 향해 한 발짝 한 발짝 다가가고 있었다.

　어릴 적부터 나서서 무언가를 하는 성격이 아니었다. 시키면 군말 없이 하지만 먼저 능동적으로 행동하는 스타일은 아니었다. 대학 시절 조별 발표가 있다면, 남들에게 피해를 주지 않도록 내 할 일은 책임지고 했지만, 조장이 되어 팀을 이끌어간다거나 발표를 한다거나 하는 경우는 거의 없었다. 성격은 활달하고 밝은 편이나 관심받는 것을 좋아하는 편은 아니다. 무관심은 싫지만 나를 향한 집중된 관심은 부담스러워하는 편이다.

　그런 나의 선천적인 성격도 항공사 입사라는 꿈 앞에서는 아무것도 아니었나 보다. 중국 항공사다 보니 그때 당시는 영어 면접이 필수가 아니었고, 지원자에 한해 진행되었다. 면접관이 영어 면접을 희망하는 사람이 있는지 물어보았고 순간 고요한 정적이 흘렀다. 그 누구도 지원하지 않는 분위기였기에 원래 같

앉으면 조용히 넘어갔을 텐데 나도 모르게 손을 번쩍 들었다.

"제가 해보겠습니다."

말 한 마디로 다른 지원자들의 관심을 한순간에 받게 되었다. 그들의 부담스러운 이목이 느껴졌다. 어릴 적부터 영어를 좋아하고 호주에서도 생활했던 경험이 있어서 영어에 대한 부담이 없는 것은 사실이지만 그래도 모두가 나를 보고 있다는 생각에 떨리기 시작했다. 이렇게 손 들어 놓고 제대로 대답을 못하면 얼마나 부끄러울까 싶기도 했다.

다행히 어려운 질문은 아니었고, 큰 부담 없이 대답할 수 있었다. 영어 면접을 끝으로 모든 면접은 끝이 났다. 이제야 마음 편히 입가의 미소를 풀 수 있었고, 영 불편했던 꼿꼿한 자세에서 벗어날 수 있었다. 지하철을 타고 집으로 돌아오는 길에서야 비로소 정신이 돌아왔다. 내가 자진해서 손을 들고 영어 면접을 보겠다고 지원을 할 줄이야. 입사하고 싶은 마음이 이렇게도 간절했던 것일까.

이미 주사위는 던져졌고 결과만 기다릴 뿐이었다. 나쁘지 않게 면접을 봤다고 생각했지만 어쩔 수 없이 아쉬움이 남았다. 더욱 환하게 웃고 있을 걸, 자세를 더 꼿꼿이 할 걸, 말을 보다 논리적으로 할 걸 등 하나부터 열까지 모든 것이 아쉬웠다. 면접이라는 것이 참 아이러니하다. 잘 봤다고 생각해도 떨어지는 것이 면접이고 못 봤다고 생각해도 붙는 것이 면접이다. 아예 면접을 망쳐 기대감조차 생길 수 없는 상황이어도 일말의 희망을 품게 되더라. 면접을 잘 봤든 못 봤든 상관없이 시간이 지날수록 기대는 커져갈 뿐이었고 하루에도 몇 번씩 면접 당시를 되짚어보며 긴장감 속에서 시간을 보낼 수밖에 없었다.

처음이라는 설렘

귀하의 합격을 축하드립니다.

결과는 합격이었다. 합격 소식을 듣자마자 왈칵 눈물이 났다. 불안했던 취업 준비 생활에서 벗어났다는 안도감, 내가 꿈꿨던 항공사에 입사하게 되었다는 기쁨, 부모님에 대한 감사함 등의 복합적인 감정이 가져다준 눈물이었다. 부모님이 처음으로 떠올랐다. 지금까지 멋지게 딸내미를 키워주신 부모님께 너무나도 감사했다. 부모님은 늘 우리 삼 남매를 부족하지 않게 키우려고 노력하셨고, 덕분에 우리는 남부럽지 않게 많은 사랑을 받고 자랐다. 이제는 받은 그 사랑을 돌려드릴 차례였고, 효도하는 딸로 살아가겠다고 굳은 다짐도 했다. 그리고 적어도 내 앞길은 내가 책임질 수 있으니 자식 걱정을 조금이라도 덜어드릴 수 있다는 생각에 뿌듯했다.

그렇게 나의 첫 직장은 중국 항공사가 되었다. 뭐든지 첫 번째에는 의미가 있다. 첫사랑의 기준은 애매하지만 저마다 첫사랑의 추억을 안고 살아간다. 첫사랑이라는 이유 하나만으로 애틋해진다. 어떻게 보면 정말 단순한 이유인데도 말이다. 첫 직장도 마찬가지다. 학생의 신분에서 벗어나 직장인이 되어 본격적으로 처음 시작하는 사회생활이다 보니 의미를 부여하기에 충분하다. 알바를 통해 용돈벌이가 전부였던 학생에게 큰돈이 들어오는 설렘. 그 누가 첫 월급의 설렘을 잊을 수 있을까.

첫 출근의 설렘도 잊을 수 없다. 출근 전날 잠이 오지 않았다. 두근두근 떨렸다. 내일 입을 옷과 신을 구두를 미리 준비하고, 입사 서류는 빼먹지 않았는지, 필기도구와 메모장은 잘 챙겼는지 다시 한번 확인했다. 인사는 어떻게 할지, 자기소개는 어떤 식으로 할지 속으로 되뇌고 또 되뇌었다. 어떻게 잠을 잤는지도 모르고 아침이 밝았다. 원래라면 피곤해야 하는데 긴장감과 설렘 때문인지 피곤하지도 않았다. 정장을 입고 구두를 신고 또각또각 지하철로 향하는 내 모습을 보니 괜스레 뿌듯했다. 정말로 직장인이 되었구나 싶었다. 발 디딜 틈도 없이 붐비는 지하철을 타니 더욱더 실감이 났다. 원래 지하철이 이렇게 붐볐나. 학교 다닐 때는 출근 시간에 지하철을 탈 일이 없어 이만큼이나 붐비

느지 몰랐는데, 직장인의 세계는 역시나 달랐다.

멋지게 한번 살아 보자는 부푼 꿈을 안고 회사에 도착했다. 그리고 우렁찬 소리와 함께 나의 첫 번째 사회생활은 시작되었다.

"안녕하십니까. 신입사원 황인선입니다. 잘 부탁드립니다."

유니폼을 입으면

교생 시절, 고등학교 1학년 여학생들과 함께하는 진로 시간이었다. 나중에 무슨 일을 하고 싶으냐는 질문에 여기저기서 다양한 직업이 들렸다. 그중 유독 많이 언급되었던 말은 바로,

"승무원이요!"

여자라면 한 번쯤은 꿈꿔보는 승무원. 승무원의 매력은 무엇일까. 한마디로 정의하기는 어렵지만 승무원이란 직업이 여자들의 로망이라는 것은 분명하다.

나는 승무직이 아니라 지상직이었음에도 불구하고 유니폼을 입었다. 심지어 공항도 아닌 본사 근무였지만 유니폼을 입고 업무를 했다. 나와는 먼 얘기였기에 승무원에 대한 로망조차 없던

나였는데, 스카프 색깔만을 제외하고 승무직과 동일한 지상직 유니폼은 나에게 색다른 기분을 선사해 주었다. 점심을 먹으러 회사 밖으로 나가면 시선이 느껴졌다. 평상시에 시선을 즐기지 못해서일까 아니면 원래 관심을 좋아하는 사람이었던 걸까, 뭐든 간에 사람들이 쳐다보는 시선을 즐겼다. 마치 승무원이라도 된 것마냥 말로 설명할 수 없는 괜한 자부심을 느꼈다.

이래서 승무원을 꿈꾸나?

유니폼을 입을 때만큼은 잠시나마 승무원의 기분을 느낄 수 있었다. 당연히 주관적인 느낌이다. 사람들은 날 보고 승무원이라 생각하지 않았겠지. 키만 봐도 답이 나오니까. 그냥 나 스스로가 그렇게 착각하며 살았다. 시선 역시 마찬가지였을지도 모른다. 아무도 시선을 주지 않았는데 가상의 시선을 느끼면서 혼자 즐긴 게 아니었을까 하는 다소 섬뜩한 생각도 든다.

가끔씩은 동기들과 유니폼을 입고 사진을 남기기도 했고, SNS 프로필을 군이 유니폼 사진으로 바꾸기도 했다. 이토록 허세 짙은 사람이었나 의구심도 들었다. 허세라면 치를 떠는 내가, 이중적으로 행동하고 있었다. 유니폼을 입는 이유는 소속감과 책

임감을 갖고 회사의 이미지에 걸맞게 행동하기 위해서라고 알고 있다. 그러나 나에게 유니폼은 그저 나를 뽐내는 자랑용 그 이상 그 이하도 아니었나 보다.

버리지 않고 옷장 한쪽에 자리 잡고 있는 유니폼을 보면 여전히 나는 허세의 굴레에서 벗어나지 못한 걸까 아님 첫 번째 직장이었던 항공사에서의 애틋한 추억을 버리고 싶지 않았던 걸까. 후자라고 말하고 싶지만 쉽게 입이 떨어지지가 않는다.

다짜고짜 쌍욕을 들었다. 이유는 단순했다. 홈페이지 로그인이 안 된다는 이유였다. 화면에 보이는 대로 인증 번호를 입력하라는 문구가 있었지만 적용되지 않았다. 평상시에는 영어 알파벳과 숫자 정도로만 조합된 인증 번호가 이날은 다소 특이했다. 19 - ? = 3 이러한 인증 번호였다. 사실 나도 처음에는 화면에 보이는 그대로 입력했으나 틀렸다며 다시 로그인을 시도하라고 했다. 몇 번 해보다가 왠지 물음표에 들어갈 숫자를 입력하면 될 것 같다는 직감으로 16을 입력하니 로그인이 되었다.

인정한다. 물론 회사 홈페이지 오류가 있었던 것은 맞다. 아무리 그래도 이렇게 화를 내면서 욕할 일인가? 내 상식선에서는 로그인이 안 된다고 정중하게 문의해도 충분히 해결될 일인 거 같은데 입에 담을 수 없을 만큼 천박한 욕을 했다. 태어나서 누군가에게 그렇게 심한 욕을 들어본 적이 처음이어서 그런지 한 귀로 듣고 한 귀로 흘려보내려고 했지만 마음처럼 되지 않았다. 욕 한 마디 한 마디가 내 심장을 후벼팠다. 아무리 돈 받고 하는 일이어도 도가 지나쳤다. 그리고 막말로 홈페이지 오류가 내 잘 못인가, 왜 이렇게까지 나한테 화를 내는 걸까. 그의 감정 쓰레 기통으로 취급받을 만한 어떠한 이유도 없었는데.

결국 퇴근하고 돌아오는 지하철 안에서 울음을 터뜨리고 말았다. 강하게 자라왔던 나였는데, 남들 앞에서 눈물 흘리는 모습조차 보여주기 싫어 울고 싶어도 늘 꾹꾹 참던 나였는데 서러워서 엉엉 울어버렸다.

항공사에서 일을 하다 보면 정말 각양각색의 컴플레인을 접하게 된다. 이렇게 다양하고 많은 컴플레인이 있을 수가 있구나 하며 신세계를 경험해 볼지도 모른다. 컴플레인의 늪에서 일하다 보니 나 역시 지긋지긋해져 빨리 이 상황에서 벗어나기 위해서라도 내 선에서 할 수 있는 거라면 다 해주고 싶다. 나도 사람인지라 싫은 소리를 하기도, 듣기도 싫다. 그리고 팀장에게 컴플레인을 보고하기는 더더욱 싫다. 컴플레인을 보고하는 순간 보고서부터 시작해서 해야 할 일이 잔뜩이다. 즉 고객의 노

여움을 풀어드릴 수만 있다면 가능한 선에서 모든 도움을 드리고 싶다. 그러나 회사 규정 밖 요구사항을 어찌 들어줄 수 있는가. 무리한 요구를 해서 해당 요구사항을 정중히 거절하면 바로 튀어나오는 한 마디.

"윗사람 나오라고 해!"

하. 지긋지긋하다. 윗사람을 만나면 뭐라도 달라질 것 같은 이 어처구니없는 생각은 무엇일까. 그리고 내가 너무나 싫어했던 비일관성. 회사 규정 선에서 안 된다고 거절했으면 끝까지 거절해야 하는데 윗사람을 만나는 순간 안 되는 것이 가능하게 되는 마법이 눈앞에서 펼쳐진다. 그럼 도대체 여태껏 안 된다고 했던 나는 무엇이 되나. 컴플레인을 하면 다 들어준다는 인식만 심어주는 꼴 아닌가. 결국 이러한 말도 안 되는 체제 때문에 자꾸만 고객들은 컴플레인을 하는 것이고 그 컴플레인은 몽땅 일개 사원의 몫이 된다. 이쯤 되니 컴플레인을 들으러 항공사에 왔나 싶었다.

하루는 잘못을 뒤집어썼다. 출장을 다녀온 후 회사 메신저를 켜니 메신저에 불이 나 있었다. 티켓 변경 시 환승편 연결시간에 문제가 생겼다는 것이다. 티켓을 열어 확인해 보니 그때의 상황이 주마등처럼 흘러갔다. 선배가 점심시간이어서 뒤처리를 부탁한다며 나에게 해당 티켓을 넘기고 식사를 하러 갔다. 그 짧은 시간에 선배가 가예약으로 변경해 놓았던 좌석이 취소되어버렸고, 다급히 하나 남은 동일 가격의 클래스 좌석을 잡아놓았다. 그리고 고객에게 변경 수수료를 받고 티켓 변경 처리를 마무리지었다.

그러나 알고 보니 선배가 시간대를 착각하여 예정보다 하루 늦은 항편으로 연결편을 잡아 놓았던 것이다. 아무 사정을 몰랐던 나는 그저 선배가 미리 잡아 놓은 좌석을 바탕으로 변경 처리를 했다. 새롭게 좌석을 잡은 것도 나, 티켓 변경 처리를 마무리한 것도 나였기에 해당 티켓을 분석해 보면 모든 잘못이 나를 향해 있었다. 팀장은 내가 해당 티켓 변경건의 담당자라고 판단했고 출장에서 돌아오자마자 그렇게 혼쭐이 났다.

팀장에게 혼난 것도 억울한데 선배한테도 혼이 났다. 선배는 티켓 변경 처리할 때 고객이랑 확인하는 게 기본 아니냐고 오히려 혼을 냈다. 물론 당연한 이야기지만 나는 그저 뒤처리했을 뿐인데 굳이 고객에게 전화까지 해서 재확인을 해야 할 이유가 전혀 없었다. 아무리 생각하고 또 생각해도 내 잘못은 없었다. 하지만 나는 아무런 말도 못하고 혼났을 뿐이다.

너무 순진했다. 지금의 나였다면 가차 없이 내 잘못이 아니라고 증거란 증거는 다 모아서 팀장한테 말했을 것이다. 이미 내가 다 혼났고 인제 와서 선배 잘못이었다고 말하는 것도 이상해서 꾹 참았다. 완전히 호구였다. 하긴 고작 반오십 먹은 어린 친구가 무엇을 알았겠나. 그게 사회생활인 줄 알았다. 잘못이 아니어도 잘못으로 인정해야 한다는 것 그리고 상사의 말은 곧 법이요 진리니 곧 죽어도 반기를 들어서는 안 된다는 것.

내가 반오십 때 느낀 사회생활은 이러했다.

세상이 아름다운 줄 알았다. 그러나 생각보다 세상에 불만을 가진 사람이 많았고, 생각보다 상식 이하의 수준으로 행동하는 사람이 많았다.

날이 갈수록 업무 강도는 세졌고, 도 넘은 컴플레인도 끊이지 않았다. 컴플레인을 받으러 취업했나 싶을 정도로 컴플레인 처리 업무가 가중되었다. 지금껏 누구보다 열심히 살아왔는데, 그렇게 살아온 대가는 혹독했다. 모르는 사람한테 욕먹고 무시당하면서 일하는 내 모습이 싫었다. 아니 지긋지긋했다. 강하다고 생각했던 내가 툭하면 눈물을 흘리고 있었다. 밝고 긍정적인 나는 온데간데없고 풀 죽은 나만 덩그러니 남았다.

내 멘탈이 약한 것이라고 비난하는 사람도 분명히 있을 것이다. 왜냐하면 퇴사한다고 말했을 때 우리 아버지께서 그랬으니까. 항공사 동기들은 여전히 일하고 있으며 이미 대리 직분을 달았다. 즉 버틴다면 다 버틸 수 있는 곳이다. 그런데 나는 아니었다. 적어도 내가 꿈꿔온 항공사와 너무 거리감이 있어서 버티기 싫었던 것일지도 모른다. 많은 사람의 부러움을 살 만큼 겉으로 보기에는 화려했다. 하지만 속으로는 전혀 화려하지가 않았다.

결국 결심했다. 이런 식으로 살고 싶지는 않다고. 사실 대다수가 이렇게 말할 것이다. 모든 직장 생활이 그렇다고, 너만 힘드냐고. 맞다. 나만 힘든 거 아닌데, 자존감을 바닥칠 때까지 이렇게 살아야 하나. 원래의 나처럼 자신감 넘치고 당당하게 살고 싶었다. 물론 입사했을 때 너무나도 좋아하셨던 부모님의 모습이 아른거렸다. 죄송한 마음이 컸지만 방법이 없었다. 내가 너무 행복하지 않았다.

무슨 일을 하고 살아야 다시 행복해질 수 있을까, 하고 싶은 것을 진지하게 다시 생각해 보았다. 곰곰이 생각해 보니 답이 나왔다. 사실 곰곰이도 아니고, 금방 생각이 떠올랐지만 쉽게 그 생각을 현실화시키기 싫었을 뿐이다. 내 마음속 한편에 늘 자리 잡고 있던 그것, 바로 선생님. 꿈으로만 꿔왔기 때문에 쉽게 도전조차 시작하지 못했다. 그러나 무엇이든 여기서 일하는 것보단 낫겠지라는 생각이 나를 머나먼 대장정의 길로 인도했다. 그 누구도 막을 수 없는 아주 강력한 멘탈을 갖게끔 해준 셈이다. 이렇게 돌이켜 보면 첫 번째 직장으로 여기를 입사한 것도 나쁘지 않았다. 다른 직장들을 다니면서 이보다 힘든 직장은 없었으니까. 그리고 무엇보다 내 꿈을 이룰 수 있게 해준 원동력이니까.

그때 당시는 아무것도 모른다. 힘든 일이 닥치면 그저 부정적으로 바라볼 수밖에 없다. 지나고 나서야 객관적으로 그때가 좋았다, 나빴다고 평가할 수 있다. 그때는 힘들어서 눈물만 났는데 생각해 보면 욕만 먹으면서 다녔던 회사가 나를 이만큼 견고하게 성장시켜 주었던 것이고, 까짓것 무슨 일을 못하겠냐며 평생 꿈만 꿔왔던 일에 도전하게 해준 것이었다. 감사한 일이다.

선생님이 되려면 방법은 두 가지였다. 다시 수능을 보거나 교육대학원에 진학하거나. 항공사 퇴사까지 마음먹을 만큼 독하게 다짐했던 나였어도 수능을 다시 보는 것은 자신 없었다. 이미 대학교도 졸업한 나이였고 다시 수능 공부라니 솔직히 내 기준으로는 비현실적이었다. 그래서 대학원을 택했고, 전공은 영어교육이었다.

그렇게 나는 새로운 도전을 꿈꾸며 힘들게 입사했던 항공사를 퇴사했다. 그리고 잠시 쉬어갈 겸 사람에게 치여 썩어 문드러졌던 마음을 달래러 배낭 하나 메고 홀로 호주로 여행을 떠났다.

2장 —

꽃을 가꾸는 중입니다

경로를 이탈했으니 새롭게 경로를 재설정해야 할 때이다. 내
비게이션은 500m 앞에서 유턴하라고 친절하게 안내한다. 갈 길
이 먼데 유턴이라니. 흔히들 늦었다고 생각할 때는 이미 늦었기
에 늦은 만큼 남들보다 더 열심히 달려야 한다고 말한다. 그러
나 내 생각은 약간 달랐다. 다시 머나먼 길을 돌아가야 하니 늦
었지만, 이왕 늦은 김에 잠깐의 쉼도 괜찮다고 생각했다.

돌아갈 줄 아는 것도 재능이야.

말도 안 되는 헛소리로 자기 합리화를 하며 본격적으로 여행을
즐기기 시작했다. 역시 마음가짐이 중요한 것일까, 언제부터인가
합리화에 대한 죄책감도 사라져 갔다. 결국 별명이 하나 생겼다.

'인. 또. 여'

'인선 또 여행'의 줄임말이다. '인또여'라는 명성에 걸맞게, 나를 바라보는 부모님의 시선도 무덤덤하다. 배낭 메고 집을 나서는 내게 잘 다녀오란 말 한마디만 쿨하게 남기신다. 부모님은 어느새 걱정의 단계를 넘어 체념의 단계에 도달했다. 사실, 나중에 결혼하면 언제 이렇게 여행을 다녀보겠는가. 지금이나 가능하다고 생각했다. 누구의 아내, 누구의 엄마라는 굴레 안에서 자유롭게 여행한다는 것은 현실적으로 어렵다고 느꼈기에 현재 나에게 주어진 특권이라 여기며 여행을 떠났던 것 같다.

그렇게 총 24개국을 여행했다. 그중 책으로 기록을 남기고 싶은 여행지를 골랐다. 즉 유독 기억에 많이 남는 곳인 동시에 그 기억을 오랫동안 하고픈 곳이다. 아름다웠던 추억보다는 힘들었던 추억으로 가득한 곳들이 대다수다. 이상하다. 좋았을 때의 기억보다 힘들었을 때의 기억이 선명하다. 좋았을 때는 좋았다는 감정만 녹아들어 있을 뿐 다른 감정이 없다. 힘들었을 때는 힘들어도 좋았다, 힘들어서 싫었다, 힘들어서 힘들었다 등 다양한 감정이 내비친다. 감정에 솔직한 탓일까 행복했을 때의 기록이 거의 없다. 아니면 힘들었지만, 그럼에도 불구하고 여행은 언제나 옳다고 말하고픈 나의 속내가 드러난 것일까.

호주
AUSTRALIA

G' day

퇴사하자마자 호주로 떠난 데에는 이유가 있다. 나에게 호주
는 소중한 곳이다. 여행으로써의 호주가 아닌 삶으로써의 호주
였다. 호주에서 두 번의 어학 연수를 했다. 남들은 군이 왜 같
은 곳으로 가는지 의아해했지만 호주의 품이 그리웠다. 그래서
다시 한번 호주행 비행기를 끊었다. 한국으로 돌아온 지 고작
1년 만이었다.

난생처음으로 부모님과 떨어져 살아본 곳이자, 수능이라는 제
한된 목표만을 향해서 미친 듯이 달려왔던 나에게 여유를 심어
준 곳이다. 뭐라도 해야만 한다는 강박관념에 휩싸여 아무것도
하지 않으면 불안했다. 그러나 호주는 공원에 누워 가만히 생각

하는 것 역시 의미가 있음을 알려 주었다.

그때가 좋았지.

누구에게나 그때 그 시절이 있다. 나에게 그 시절은 호주였다. 흔한 미래 걱정 없이 그저 주어진 하루하루를 살았기에 걱정 근심은 머나먼 이야기였다. 회사 일에 몸도 마음도 지친 내가 가장 위로받을 수 있는 곳이 아닐까 싶어 일말의 고민 없이 바로 호주로 떠났고, 삶으로의 호주가 아닌 여행으로의 호주는 더욱 아름다웠다.

캠핑 중독

이 정도면 중독이다. 호주에 다시 돌아오자마자 찾은 것은 캠핑이었다. 사실 이렇게 그리워질 줄은 상상도 못했다. 캠핑 시절, 마치 무인도에 갇힌 사람처럼 다이어리에 지나간 하루하루를 지우면서 집에 갈 날만을 고대하고 고대했던 나였으니.

2014년 8월, 서호주의 샤크베이(Shark Bay)에서 내 인생의 첫 번째 캠핑이 시작되었다. 무려 3주간의 캠핑이었고 일주일에 딱 한 번 시내에 나올 수 있었다. 일주일 중 자유의 몸이 될 수 있는 날은 바로 토요일. 매주 토요일마다 외딴 해변에서 도시로 탈출할 수 있었다. 시내로 나오면 제일 먼저 샤워를 했다. 식당이나 카페에 들러 핸드폰을 충전하고 덩달아 인터넷도 마음껏 사용했다. 무엇보다 먹고 싶었던 음식도 자유롭게 사 먹을 수 있었다. 토요일은 느릿느릿 다가왔는데, 토요일 그 하루는 너무 빨리 지나갔다. 해가 저물어 갈 때쯤은 내 마음도 함께 저물어 가는지 우울해졌다.

캠핑에서 살아 돌아온 나에게 친구들은 3주 동안 캠핑하면 어떤 기분이 드는지 물었고, 그들의 물음에 나는 정글의 법칙의 병만족이 되어가는 기분이라고 답했다. 낚시에 '낚' 자도 모르던 내가 갈고리에 미끼를 끼고 있었고, 요리에 '요' 자도 모르는 내가 그레이비 소스(Gravy sauce)와 매쉬드 포테이토(Mashed Potato)를 만들고 있었다.

핸드폰은 일절 사용할 수 없었다. 인터넷이 터지지 않는 것은 물론, 배터리를 충전할 곳도 없었으니 아예 사용 불가였다. 덕분에 해가 지면 할 수 있는 것은 딱 두 가지였다. 잠을 자거나 별빛 아래에서 친구들과 떠들거나. 샤크베이는 계절도 두 개다. 해 뜨면 여름, 해 지면 겨울. 밤이 되면 겨울만큼 추워지지만 하늘 아래 수놓아져 있는 수많은 별을 보고 있으면 추위도 사라져 갔다. 북두칠성이 확연히 눈에 보일 만큼 별들은 선명했고, 별빛은 우수수 쏟아져 내렸다. 태어나서 그렇게 많은 별을 본 것은 여기 샤크베이에서 처음이었다.

일주일에 한 번씩 시내에서 샤워를 할 수 있었기에 평상시에는 바다와 한 몸이 되어야 했다. 바닷물로 머리를 감으면 감을수록 머리가 엉키는 기적을, 몸을 씻으면 씻을수록 온몸이 모래로 가득 차게 되는 기적을 겪게 된다. 씻는 개념이 전혀 아니다. 그냥 놀이다. 물놀이. 태닝과 수영을 좋아하는 친구들은 물 만난 물고기처럼 행복한 나날들을 보냈지만, 나는 하루빨리 집으로 돌아가고 싶었다. 가뜩이나 까만 피부를 갖고 있어 까맣게 타는 건 질색인 데다, 그때는 수영도 못해서 바닷물에 살짝 발을 담그는 게 전부였으니 무슨 재미가 있었겠나.

이쯤 되면 뭐 하고 3주를 버텼을까 의문이 든다. 언제나 그렇듯 시간은 열심히 흘렀고, 심지어 돌이켜보면 별거 아니었다는 말도 안 되는 미화가 또다시 나를 흔들어 놓았다. 아니나 다를까 호주로 돌아가자마자 캠핑을 하는 똑같은 실수를 하게 만들었다.

당시 캠핑 초보였던 나는 캠핑 매트도 챙겨가지 않았다. 덕분에 울퉁불퉁한 돌이 숨어 있는 모래 위에서 침낭만을 펴고 잤고, 어마어마한 허리 통증을 얻었다. 아직도 난, 일상으로 돌아와서 따뜻한 물로 샤워를 한 후 푹신한 침대에서 잠들었던 그날 밤을 잊을 수 없다. 캠핑이 아니었다면 결코 몰랐을 일상의 소중함을 몸소 느낀 감사한 밤이었다.

　호주에 다시 오자마자 캠핑을 찾은 건
　캠핑 자체의 그리움이 아니라 일상에 지친 내가,
　별거 아니지만 알고 보면 소중한 일상의 감정을
　다시금 느끼고 싶어서가 아니었을까.

걷다 보면 어른이 되어 있겠지

흔히들 모래로 설거지를 하면 더럽다고 생각할 것이다. 사실 정상적인 사람이라면 모래로 설거지 할 생각조차 안 하겠지. 일 상에서는 주방 세제로 설거지를 하는 게 당연하니까. 그러나 캠 핑에서는 달랐다. 캠핑이 끝나가는 막바지쯤 세제가 바닥을 보였고, 하필 그 시점에 설거지 담당이었던 나는 당황을 금치 못했다. 그리고 나를 더욱 당황케 하는 한 마디가 들려왔다.

"모래를 사용해 봐."

영어라서 잘못 알아들은 줄 알았다. 그러나 아무리 다시 들어도 모래였다. 자기를 믿고 한 번 닦아보라는 친구 말에, 밑져야 본전이란 생각으로 시도해 보았다. 웬걸, 정말로 접시 위의 기름 기가 사라졌다. 여태껏 나에게 모래는 더러운 존재에 불과했는데 무슨 일인가. 모래사장 위를 걷다 보면 금방 더러워지는 신발만 봐도, 잔디밭에 잠깐만 뒹굴어도 금방 꾀죄죄해지는 새하얀 우리 집 강아지만 봐도 모래의 역할은 거기까지였다.

그러한 모래로 설거지가 가능하다니, 더럽다고만 여긴 모래가 오히려 무언가를 깨끗하게 만들 수 있다는 사실이 신선했다. 나의 편향적인 생각을 비웃기라도 하듯, 보란 듯이 기름기를 제거한 모래에게 뒤통수를 맞았다. 당연한 것은 없었다. 당연히 더럽다고 여긴 모래는 당연하지 않았고, 나에게 고정관념의 틀에서 벗어나 생각하는 법을 몸소 깨닫게 했다.

여행에도 고정관념이 있다. 혼자 여행을 다니다 보면 빼먹지 않고 접하는 고정관념. 하도 들어서 이제 지겨울 정도로 흔하디흔한 질문이다.

"여자 혼자 여행 다니는 거 위험하지 않나요?"

물론 여자니까 더욱 조심해야 하는 부분은 있다. 하지만 나의 여행에는 철칙이 있다. 바로, 해가 지면 숙소로 돌아오는 것. 한국에서도 유흥을 즐기는 편이 아니다. 그런 내가 외국에서 유흥을 즐긴다는 것은 사실 어려운 부분이다. 가끔은 반복되는 여행에 지루함을 느껴, 일탈해 볼까 싶다가도 막상 하려면 두려워진다. 누구는 재미도 없이 그게 무슨 여행이냐며 나의 여행 스타일을 비꼬기도 하지만 나에게는 이런 재미없는 여행 패턴이 어울린다. 누가 맞다 틀리다고 말할 수는 없지만, 적어도 본인이 조심하면 여자라서 위험하다는 편견에서는 벗어날 수 있다고 본다.

운이 좋았다고 말할 수도 있겠지만, 소위 재미없게 여행을 다닌 탓인지 여태껏 별 탈 없이 다닐 수 있었다. 그렇게 다닐 바에는 여행을 안 가겠다고 말한다면 할 말은 없다. 그러나 여자라는 이유 하나만으로 여행이 어렵다고 단정짓지 않았으면 좋겠다. 여자라서 위험하다고 지레 겁먹고 떠나지조차 못한다면 너무 억울하지 않을까. 여자라면 예기치 못한 위험에 처할 확률이 비교적 높은 것은 맞지만, 본인의 몸은 본인이 챙긴다는 생각으로 긴장을 늦추지 말고 유의해서 다닌다면 여자라고 못할 것은 없다. 실제로 여행을 가보면 남자보다 여자 배낭여행자의 비율이 더 높음을 알 수 있는데, 이는 여자도 충분히 혼자서 여행을 할 수 있다는 방증이다. 많은 사람이 여자 혼자 여행은 위험하다는 고정관념을 깨부수고 더 넓은 세상으로 나아갈 준비를 했으면 좋겠다. 물론 남자도 마찬가지. 우리는 생각보다 강하고,

생각보다 세상은 훨씬 넓으니까.

사회생활은 가혹했다. 사람이 제일 무섭다는 말에 한사코 동의할 수 없었던 내가 고개를 끄덕이게 되었다. 사람을 좋아하던 내가, 사람이 무서워지기 시작했다. 밤늦게까지 전화하던 것을 좋아하던 내가 전화라면 신물이 나기 시작했고, 전화벨이 울리는 것조차 가슴이 쿵 하고 내려앉아 전화의 진동소리도 무음으로 바꿔놓게 되었다. 퇴사한 지 3년이 훌쩍 넘은 지금도 무음으로 설정된 핸드폰을 보면 일종의 트라우마로 자리 잡은 듯하다.

사람에게 치이고, 사람한테 데이고 잠시 쉬어갈 타이밍임은 분명했다. 아니 내가 그렇게라도 생각하지 않으면 미쳐버릴 것만 같았다. 그래서 다시 온 호주였고, 퇴사 후 기나긴 배낭여행의 시작점으로 호주를 결정했다. 학생이란 신분이었기에 돈은 부족했지만 마음만은 행복했던 그때, 걱정이라고는 내일 뭐 먹

걷다 보면 어른이 되어 있겠지

지가 전부였던 그때, 무엇이든 할 수 있다고 꿈꾸는 청춘 드라마의 주인공이었던 그때가 사무치게 그리웠나 보다.

그래도 명분은 여행이었는데, 발걸음은 그때 그 시절 내가 걷던 거리를 향했다. 그러고는 그때의 나를 곱씹고 있었다. 잔디에 누워 여유로운 시간을 보내던 내가 그리웠다. 그래서였을까 시간만 되면 잔디밭에 앉아 멍하니 시간을 보냈다. 즐겨 먹던 맥커스(호주는 맥도날드를 맥커스라 부른다.)의 앵거스 버거와 함께. 돗자리가 없으면 앉지 않던 한국에서의 나는 잠시 접어두고, 무작정 잔디 위에 털썩 앉았다. 가만히 있어도 좋다는 감정, 아무것도 하지 않아도 불안하지 않은 감정. 정말 오랜만이다.

퍼스의 유명한 도심 공원인 킹스파크(Kings Park)에서 놀던 때가 떠올랐다. 외국에서 혼자 고군분투하고 있을 딸내미가 걱정되어 지구 반 바퀴를 돌아 퍼스까지 날아와 준 엄마와의 시간도 생각났다. 엄마와 함께 킹스파크에서 신당동 떡볶이 과자를 먹으면서 엄마와의 그리움을 풀던 그때도 잊을 수 없다. 가장 먹고 싶은 과자가 뭐냐는 엄마의 물음에 한시의 망설임 없이 외쳤던 그 과자. 엄마의 두 손 가득히 채워진 신당동 떡볶이 과자는 엄마가 나를 얼마나 사랑하는지, 그리고 나를 얼마나 그리워했는지 알게끔 해준 사랑의 증표였다. 엄마와의 애틋했던 추억이 떠오르면서 마음 한구석이 아려왔다.

하루가 끝날 무렵, 콜스(호주 대표 마트)에 들러 틴탐을 챙긴 후 숙소로 돌아갔다. 이층 침대 위에서 틴탐을 까먹으며 뒹굴거리니 기숙사에서 같이 살던 크리스티나가 생각났다. 밤마다 그녀의 이층 침대로 올라가 함께 틴탐을 까먹고 살찌면 어떡하냐고 찡찡대던 시절. 실제로 살이 잔뜩 찌는 바람에 공원에서 함께 운동하던 추억들마저 속속들이 떠올랐다.

분명 여행을 하러 떠나 왔는데, 세상의 더러운 때를 몰랐던 천진무구한 그때를 생각하며 마음의 치료를 하고 있는 중이었다. 치유의 과정 속에 있는 지금, 여행은 여행을 넘어 치유였다.

가장 흔한 한 마디

사람들은 나 홀로 배낭여행자라면 영어를 잘할 거라는 믿음이 있나 보다. 영어를 못해서 배낭여행을 떠날 용기조차 없다고 말하는 사람들도 종종 보았다. 그러나 생각보다 외국에서 언어는 크게 중요치 않았고, 기대만큼 영어 실력이 많이 향상되지는 않았다. 왜냐하면 여행이라는 굴레 속에서 늘 쓰던 말만 쓰니까. 내가 매번 쓰던 말은 다름 아닌 이 한 마디였다.

"미안하지만 사진 좀 찍어줄래?"

모르는 상대에게 사진 부탁이라니, 부끄러움은 온전히 내 몫이었다. 하지만 어느 순간부터 수줍음은 사라져 가고, 당당하게 사진을 부탁하고 있었다. '미안하지만'이라고 말하고 있지만 점차 미안함의 감정은 사그라들었다. 사진을 부탁하기 위한 자동

걷다 보면 어른이 되어 있겠지

반사급의 멘트가 되어 버렸다.

외국인에게 사진을 찍어달라고 하면 열이면 열 모두 흔쾌히 찍어준다. 하지만 정말 대충 찍어준다. 아니 어쩌면 열심히 찍어주는 것일 수도 있겠지만, 한국인의 눈에서 바라본 그들의 사진은 대충 찍지 않고서야 나올 수 없는 결과물이다. 그들은 찍는 데에 의미가 있나 보다. 나중에는 비싸 보이는 카메라를 들고 있는 외국인을 공략해서 사진을 부탁해 보지만 썩 마음에 들진 않는다. 각자 추구하는 감성이 다를 뿐이겠지만 영 별로다. 결국 지나가는 한국인들을 공략하기 시작한다. 부탁하기에는 괜스레 더욱 민망하지만 만족도는 몇 배 이상이다. 그 찰나의 민망함만 참아내면 마음에 드는 예쁜 사진을 건질 수 있다.

그레이트 오션 로드를 가는 날이었다. 죽기 전에 꼭 가봐야 하는 여행지라는데, 하필 그날따라 한국인이 보이지 않았다. 게다가 삼삼오오 짝을 지어 투어를 신청한 그들과 달리 나는 혼자였다. 이쯤 되니 외국인 감성대로 사진을 찍어줘도 좋으니 그저 사진만 찍어주면 좋겠다는 생각이 들었다. 나처럼 혼자 투어를 신청한 사람이 있다면, 서로 사진을 찍어주고 좋은데 일행들이 있는 그들에게 매번 부탁하기는 눈치가 보였다. 그래도 어쩌겠

나. 남는 건 사진뿐인데, 결국 그 한 마디를 내뱉었다.

"I am sorry but……"

걷다 보면 어른이 되어 있겠지

홀로 배낭여행을 하다 보면 새로운 인연을 만날 기회가 많다. 게스트 하우스만 가도 같은 처지의 여행자들을 쉽게 만날 수 있고, 여행자를 위한 파티도 있어 자연스럽게 친해질 수 있다. 나 홀로 배낭여행이라는 같은 명목하에 공감대는 더욱 쉽게 형성되고, 마음이 잘 통한다 싶으면 같이 식사를 하기도, 함께 여행을 다니기도 한다. 심지어 요즘은 동행을 구하는 인터넷 카페도 따로 있을 만큼 여행 중 새로운 인연을 만나는 것은 흔하고도 흔한 일이다.

혼자 여행을 하다 보면 마음이 오락가락한다. 분명 혼자만의 여행이 좋아서 홀로 왔으면서, 문득 사람들의 품이 그리워진다. 그래서 새로운 인연을 만들어 나가면 다시 나만의 시간을 갖고 싶다. 나조차 내가 어느 장단에 맞춰야 할지를 모르겠다. 그래

걷다 보면 어른이 되어 있겠지

도 혼자서 처량하게 끼니를 해결할 때마다 밀려오는 외로움은 사람을 그립게 만든다. 사진을 남기기 위해 지나가는 행인에게 일일이 부탁해야 하는 번거로움도 마찬가지다.

그럼에도 불구하고, 의도적으로는 동행을 구하지 않는 편이다. 게스트 하우스나 여행지에서 우연히 만나 인연을 이어가는 것은 몰라도 인터넷 카페에서 의도적으로 구하는 것은 다소 꺼려진다. 아무것도 모르는 사람이라는 요소에서 오는 리스크가 너무도 크다. 가치관이 달라도 너무 달라 대화 내용 자체가 불편한 사람, 아무도 관심 없는데 본인 자랑만 하루 종일 늘어놓는 사람, 본인이 나이가 많다는 이유로 훈수 두는 사람 등 변수가 너무 많다. 소개팅은 서로 간의 최소한의 예의라도 지키지, 이건 뭐 한 번 보고 말 사람이라는 생각으로 무례하게 구는 사람들도 많다. 여행지에서 재밌고 행복한 시간을 보내려고 인연을 만들어 가는 것인데, 최악의 시간을 선물해 주는 눈물나게 고마운 인연들도 많다.

오랜만에 새로운 인연을 만났다. 창문에 걸터앉아 아기자기한 증기기관차를 탈 수 있는 멜버른의 퍼핑빌리(Puffing Billy)에서 만난 한국인 동생이었는데, 시드니까지 여행 날짜가 겹쳐 함께 여행했던 친구였다. 귀엽고 앳돼 보이는 얼굴 때문에 어리게만 봤는데, 생각은 매우 깊었다. 말도 잘 통하고, 무엇보다 같이 있으면 행복했다.

우연히 만난 인연이라도, 아주 잠깐 스친 인연이라도, 원래 알고 지내던 사이보다 돈독할 때가 있다. 시작은 우연이었지만 어느새 내게 진하게 스며들어 소중한 인연이 된다. 일회성 만남으로 생각하고 만났다가도 그 누구보다 친한 사이가 될 수 있다. 인연은 언제 어디서 나타날지 모르는 법이었고, 그런 인연을 선물해 주는 여행이 고마웠다.

기대의 역설

　워킹홀리데이 때문에 한국인에게 호주는 매우 익숙한 나라가 되었지만, 이전만 해도 사람들은 호주를 시드니로만 기억할 뿐이었다. 그만큼 시드니는 호주에서 제일 유명한 곳인데, 이제야 와보다니 참으로 오래도 걸렸다. 가장 오랫동안 외국 생활을 했던 곳이 호주였는데 아이러니하다. 처음으로 호주에서 살았던 2012년에는 개인적인 사정으로 갑작스럽게 말레이시아로 넘어가는 바람에 시드니를 여행할 시간이 없었다. 두 번째 호주 생활이었던 2014년에는 시드니행 비행기 티켓까지 모두 끊어놓은 상태였는데 시드니에서 벌어진 한국인 테러 사건과 겹쳐 차마 들르지 못했다. 그리고 2018년, 세 번째 시도만에 드디어 시드니 땅을 밟았고, 무려 6년이나 걸렸기에 기대감이 최고조에 다다랐다.

시드니 하면 바로 떠오르는 랜드마크, 오페라 하우스. 워낙 유명해서 사진으로 숱하게 보았음에도 그를 향해 내딛는 발걸음이 어찌나 떨리던지, 설레는 마음을 가득 안고 마침내 오페라 하우스에 도착했다.

뭐야, 별거 없잖아.

허무했다. 그저 하나의 건축물에 불과했다. 나는 무엇을 기대한 것일까. 생각해 보면 구체적으로 기대한 것도 없으면서 실망감만 맴돌았다. 중국의 만리장성, 인도의 타지마할, 이집트의 피라미드, 프랑스의 에펠탑처럼 나라별로 대표하는 랜드마크에서 실망하는 여행자들이 꽤나 있다. 그리고 그들은 오히려 알려지지 않은 숨겨진 장소에서 더욱 크나큰 감동을 받는다. 마치 길을 잃어 우연히 마주한 골목길의 감성이 좋았던 것처럼.

왜 그럴까. 차곡차곡 기대감이 쌓여 막대하게 자리 잡은 동경 때문일까. 커다란 환상 속에 비친 현실은 초라할 수밖에 없으니. 나에게 오페라하우스는 그런 존재였고, 그랬기에 내가 느낀 실망감은 어찌 보면 오페라하우스를 마주하기 전부터 예견된 것일 수도 있다.

기대를 내려놓는 법을 하나둘씩 배우고 있는 중이다. 그건 여행이든 사람이든 마찬가지였다. 상대방에게 바라는 게 많아질수록 그들에 대한 서운함만 커지고 있었다. 기대가 없으면 실망도 없는 법이었다. 기대를 내려놓는 법을 배워야 하는데 쉽지 않다. 하기야 애초부터 말이 안 되는 부분이니까 쉽지 않은 것이 당연할지도 모른다. 기대하고 싶으면 기대하는 게 아닌, 기대하면 안 되는 이상한 논리니까. 기대하고 싶어서 기대하지 않았다.

"호주 물가 생각보다 저렴하지 않아요?"

깜짝 놀랄 만한 소리를 들었다. 무슨 뚱딴지 같은 소리인가. 2012년 기준, 햄버거 세트는 10달러 정도였고 한화로 약 12,000원꼴이었다. 그때 당시 우리나라는 5,000원쯤이었으니 호주 물가는 나에게 가히 충격적이었다. 공항에서 마주한 자판기 속 500mL 콜라가 4달러인 것을 보고 경악을 금치 못했을 만큼, 호주는 굉장히 높은 물가를 자랑하는 곳이었다.

그러나 호주가 달라졌다. 1달러 기준 1,200원 정도 하던 환율이 800원대로 떨어진 것이다. 2014년에 1,000원대가 붕괴되고 많이 떨어졌다고 좋아했는데, 무려 800원대라니 믿기지 않았다. 환율이 떨어진 정도가 아니라 폭락 그 이상이었다.

환율조차 굴곡이 있는데 인생에 굴곡이 있는 것은 어찌 보면 당연했다. 환율의 변동으로, 그때는 그렇게 비싸 보였던 햄버거가 이제는 저렴하게 느껴지는 것처럼, 힘들었던 시절이 훗날에는 아무렇지도 않게 다가올 수 있겠구나 싶었다. 험난한 세상에 문드러진 나 역시 잠시 흔들리는 중일 뿐이고, 충분히 다시 일어설 수 있다고 굳게 믿었다.

세상에 일정한 것은 없었다. 사람은 행복하고자 하지만, 늘 행복할 수도 없었고 그렇다고 늘 불행하지도 않았다. 너무 힘들어서 죽을 것 같다가도 그 힘듦은 점차 수그러들더니 어느새 숨통이 트이고 있었다. 사람이 살아갈 수 있는 원리였다. 일정하게만 흘러간다면 힘든 사람에게는 너무 가혹한 현실이니까. 이 또한 지나간다는 믿음이 있기에 힘들어도 우리는 쉽게 무너지지 않았다.

사람들은 행복을 찾으려고 한다. 나 역시 마찬가지다. 그러나 열심히 행복을 찾는다 한들 결국 그 행복은 일정하지 않았고, 우리는 또 다른 행복을 찾아야 했다. 그렇기에 행복해야 한다는 강박관념에서 벗어나서 오늘만큼은 덜 행복해도 괜찮다고 생각해 보는 것은 어떨까, 그렇다면 살아가는 게 조금은 덜 힘들지 않을까.

몽골
MONGOLIA

어디에서까지 자봤니?

캠핑여행에 뜻이 있는 사람들을 어렵사리 구했다. 고등학교를 졸업하고 갓 성인이 된 막내부터 시작해서 벌써 맏언니가 될 나이인가 내심 속상했던 나까지 총 여섯 명으로 구성되었다. 그 와중에 맏언니가 되기 싫어 빠른 찬스를 사용했다. 학교를 빨리 들어간 거라며 우기고 우겨 겨우 또래 93년생들과 친구가 될 수 있었다. 난생처음 본 친구들, 그것도 달라도 너무 다른 여섯 명이 모여 특별한 2주간의 몽골 여행이 시작되었다.

나는 자칭 날씨 요정이다. 여행을 다닐 때마다 대부분 날씨가 좋아 날씨 요정이라는 자부심을 갖고 있다. 그렇기에 이번 몽골 여행도 별다른 걱정 없이 출발했지만 날씨 요정을 이기는 사람이 있었으니, 그는 바로 여행 때마다 항상 날씨가 안 좋았다는 우리 팀 막내. 여행 첫날부터 날씨가 이상하다.

캠핑여행이었지만 놀랍게도 텐트에서는 단 한 번 잤다. 이유는 오로지 날씨 때문이었다. 보이지도 않는 어둠 속에서 손전등 하나에 의존하여 힘들게 텐트를 쳐도 조금 후면 비가 쏟아졌다. 약간만 오는 경우가 없었다. 텐트 안이 범람할 만큼 쏟아지는 것은 물론, 번개를 동반한 비도 내렸다. 그렇게 비가 오면 허겁지겁 텐트를 걷고 게르를 찾으러 뛰어다녀야 했다. 한 다섯 번 정도 같은 경험을 겪다 보니 텐트를 쳐봤자 어차피 또 비가 내릴 텐데 군이 칠 필요가 있을까 싶었다. 결국 텐트와는 점점 멀어지게 되었고, 우리의 보금자리는 게르로 바뀌었다.

번개가 내리친 그 날은 비어 있는 게르를 찾기조차 힘들었다. 휴가철인 것도 맞지만 저 멀리 보이는 시커먼 구름만 봐도 비가 올 날씨였는데, 말도 안 되는 긍정 회로를 돌리며 오기를 부렸기 때문이다. 즉 정상적인 사고를 가진 사람들이라면 이미 게르를 찾으러 다녔을 테니 폭우처럼 비가 쏟아진 후 찾았을 때는 늦었다는 의미였다. 그것도 아주 많이.

겨우 찾은 곳은 염소고기가 달려 있는, 사람이 사는 게르가 아닌 창고형 게르였다. 정육점은 아니었지만 우리끼리는 여전히 정육점 게르라고 부른다. 게르 문을 열자마자 비린 고기 냄새가

걷다 보면 어른이 되어 있겠지

진동했고 염소 시체가 우릴 반겼다. 그러나 직감하였다. 여기가 우리의 숙소라는 것을. 심지어 게르 바닥은 비에 젖어 있었지만 선택권이 없던 우리는 무작정 침낭을 펴기 시작했다. 게다가 번개 때문에 게르 안에서 핸드폰을 켜면 위험하다는 말에 모두 전원을 끄고 깜깜한 어둠 속에서 잠을 청하기 시작했다.

고기 비린내와 비 냄새가 섞여 알 수 없는 냄새가 코를 자극하고, 무섭게 내리꽂는 천둥번개 소리와 세차게 떨어지는 빗소리가 귀를 자극하고, 몽골까지 와서 내가 뭐 하고 있는지 저절로 느껴지는 회의감이 내 머릿속을 자극하고 있었다.

몽골여행 시 차량 선택권은 크게 두 가지이다. 푸르공과 스타렉스. 푸르공은 함께 사진 찍기에 예쁘다는 장점이, 스타렉스는 그나마 좋은 탑승감과 에어컨 작동 가능이라는 장점이 있다. 감성보다는 이성을 중시하고자 스타렉스를 선택했지만 이마저도 매우 힘들었다. 좁은 자리는 둘째 치고 계속해서 이리저리 흔들리는 몸이며 부딪히는 머리며 디스코팡팡이 따로 없었다.

"아니, 스타렉스가 좋은 탑승감이라고? 푸르공은 도대체 얼마나 심각한 거야?"

일등석을 향한 가위바위보가 시작됐다. 아침의 시작은 무조건 가위바위보. 아침 식사 따위는 중요하지 않고 가위바위보를 이기느냐 마느냐가 가장 중요한 관건이었다. 내가 이렇게 가위바위보를 못했었나, 잘한다는 생각은 없었지만 이렇게 못한다는 생각도 없었는데. 하도 지다 보니 일등석까지는 바라지도 않고 꼴찌만은 피하자는 마인드로 가위바위보에 임하고 있었다.

일등석은 별거 없다. 그나마 자리가 넓어 다리를 쪼그릴 필요 없이 창가에 기댈 수 있는 곳이다. 매우 단조롭다. 한마디로 모든 자리가 거기서 거기이지만 그 사소한 이유조차 몽골에서는 중요하게 작용된다. 이등석은 혼자서 편하게 앉아갈 수 있는 맨 앞자리 조수석이지만 기사님의 말벗을 담당해야 하고, 무엇보다 잠을 자면 안 된다는 치명적인 단점 때문에 이등석이다.

모든 자리가 별 차이 없다고 말했지만 꼴찌 자리만큼은 피해야 한다. 정말 최악이다. 짐과 하나가 되는 물아일체를 경험할 수 있는 자리이다. 몽골의 도로는 비포장도로가 많기 때문에 짐이 없다 한들 불편할 수밖에 없다. 더군다나 한 번 이동할 때마다 기본 8시간 이상의 이동시간을 자랑하기에 자리의 중요성이 매우 크다. 맨날 최악의 자리들만 골라 앉다 보니 여행 막바지쯤 참다못해 울부짖었다.

"어른 공경도 없냐?"

당연히 없다. 거지 같은 자리를 탈피하는 방법은 오로지 하나. 가위바위보에서 이기는 것이다.

몽골 여행을 하려면 청결함은 잠시 내려놓아야 한다. 결벽증인 사람에게는 꽤나 힘든 곳이다. 캠핑 스타일의 자유여행을 하는 이에게 더욱 해당된다. 패키지여행에서 제공하는 여행자 게르는 모르겠지만 일반적인 유목민 게르는 깨끗함과 거리가 멀다. 누가 잤는지도 모르는 간이침대에서, 세탁하기는 했을까 의문이 드는 꼬질꼬질한 담요를 덮고 자야 한다. 그렇기에 침낭을 필수품으로 챙겨 간다지만, 아무리 침낭 속에서 잠든다고 한들 청결에 예민한 사람이라면 신경 쓰일 수밖에 없다.

텐트를 칠 때도 마찬가지다. 초원에는 갖가지 동물의 배설물이 널브러져 있다. 심한 곳은 한 발자국 간격으로 빼곡하다. 최대한 피해서 텐트를 치기도 하고, 기다란 나뭇가지들을 사용해 멀리 치워보기도 하지만 터무니없는 규모이다. 나중에는 텐트

바로 옆에 배설물이 있든 말든 치우지도 않고 있더라. 우리는 그렇게 자연 친화적인 사람들로 다시 태어나게 되었다.

2주간 세 번의 샤워를 했다. 오랜만에 머리를 감으니 머리가 죄다 엉켜 린스 한 번으로는 턱없었다. 적어도 세 번은 감아야 비로소 원래의 내 머릿결로 돌아왔다. 그 와중에 첫 번째 샤워는 끔찍했다. 따듯한 물은 무슨, 물이라도 콸콸 나오면 소원이 없겠다. 일말의 과장 없이 물이 졸졸졸 나왔다. 정말 졸. 졸. 졸. 그것마저 21시면 샤워실을 닫는다고 빨리 끝내라고 재촉했다. 샤워는 사치에 불과했다.

몽골은 화장실이 따로 없었다. 그래서 우산을 펴고 볼일을 보는 일이 다반사였다. 넓디넓은 초원 그 어디도 화장실이 되는 기적을 경험했다. 그냥 내가 가서 앉으면 거기가 화장실이었다. 양 떼, 염소 떼 등 지나가는 동물들과 함께 볼일을 보는 경우도 허다했다. 처음에는 볼일을 보고 있는 무방비한 나를 공격하지는 않을까 두렵기도 했지만, 나중에는 마치 내가 그 동물들의 일원이 된 것마냥 익숙해졌다. 설령 화장실이 있더라도 정말 최악이었다. 차라리 밖에서 볼일을 보는 게 낫겠다 싶어 우산을 들고 밖으로 향했다.

놀랍게도 최악은 여기서 끝나지 않았다. 저녁에 하는 설거지
는 너무나도 힘들었다. 아무것도 보이지 않는 곳에서 오로지 감
에 의존하여 생수로 설거지를 해야 했다. 혹시나 비가 내리기
라도 하면 물에 빠진 생쥐마냥 처량해졌다. 샤워도 못하는데 이
렇게라도 자연의 샤워를 할 수 있으니 감사하다고 해야 하나.
결국 나중에는 물티슈로 설거지하는 우리의 모습을 발견할 수
있었다. 물티슈에 화학물질이 많아 위험하다며 걱정하던 친구
도 그럼 네가 이제부터 설거지 다 할래? 라는 말 한마디에 바
로 조용해졌다.

빨래도 역시였다. 2주 동안 단 한 번도 빨래를 하지 못했다.
혹시 몰라 소량의 세제와 빨래집게를 챙겼는데 짐일 뿐이었다.
그런데 정말 이상하다. 불편한 여기에서 그 누구도 불평하는 사
람이 없었다. 마치 원래 이렇게 살아왔던 사람들처럼. 오히려 당
연했던 것에 대한 감사함을 느끼고 있었다.

푹신하고 깔끔한 침대에서 잠자기, 싱크대에서 자유롭게 물
을 틀면서 설거지하기, 깨끗한 화장실에서 편안하게 볼일 보기,
시간 제약 없이 따듯한 물로 샤워하기.

너무나 당연해서 당연하다고 생각조차 하지 못했다. 세상에 대한 사소한 감사함을 느끼게 해주는 이곳, 여기는 바로 몽골이다.

    나는 결벽증과 거리가 멀다. 당연히 사람인지라, 나 역시 청결하고 깨끗한 것을 좋아하지만 여행 중이라면 감수할 수 있는 부분이다. 숙소가 깔끔하지 않아도 내 코를 자극하지만 않는다면 하루 이틀 정도는 넘어가 줄 수 있다. 그렇다. 나는 냄새에 굉장히 예민하다. 숙소뿐만 아니라 음식이며 옷이며 모든 냄새에 예민하다. 겉으로 보기에는 돌도 씹어 먹게 생겼으면서 몇 가지 음식을 가린다. 기준은 단 하나. 특유의 진한 향이 나는 음식.

    그래서 생오이를 못 먹는다. 알레르기가 있는 것도 아니면서 오로지 냄새 때문에 꺼려진다. 같은 이유로 양고기도 못 먹는다. 중국에서 살았을 당시에도 양고기는 손도 대지 못했고, 한국에서 파는 양고기도 마찬가지였다. 한국 양꼬치는 다르다며 한 번 먹어보라는 주위의 권유에 못 이겨 먹어봤는데 역시나였다. 몽

골은 양고기가 주식이다. 물론 몽골에 가기 전 양고기가 주식이라는 것을 알고 떠났지만, 이 정도로 양고기만 먹을 줄은 몰랐다. 우리나라의 김치와 비슷한 느낌이었다. 김치볶음밥을 먹을 때 찌개로 김치찌개를, 반찬으로 김치를 먹는 우리 민족. 이에 못지않게 몽골은 양고기가 흔하디 흔하게 널려 있다. 어떻게든 양고기를 피해 보려고 다양하게 시도해 보았지만 결과적으로 모든 음식에 양고기가 존재했다. 이번에는 다르겠지라는 생각으로 끊임없이 시도는 해봤지만 늘 두 입 먹고 끝났다. 처음에는 멋모르고 한 번, 두 번째는 배고프니 한 번. 그러나 세 입까지는 절대 불가했다.

양고기 냄새의 끝판왕은 몽골 전통음식인 허르헉이었다. 이름처럼 헉 소리 나는 굉장한 음식이었다. 양고기를 잘 먹던 아이들도 허르헉 앞에서만큼은 두 손 두 발을 다 들었다. 아이들도 그때부터 양고기라면 질색하기 시작했고, 우리는 슈퍼에서 라면을 발견할 때마다 보이는 대로 전부 사기 시작했다.

라면만큼 맛있는 음식은 없었다. 그리고 그만큼 만들기 쉬운 음식도 없었다. 실패할 수 없는 음식. 라면 회사를 다니는 오빠가 끓여주는 라면을 맛보고도 아무 감흥 없던 나였는데, 이런 내 모습이 낯설었다. 배가 고프지만 나가기는 귀찮고 집에 먹을 거라고는 라면밖에 없을 때 어쩔 수 없이 먹는, 분명 나에게 라면은 딱 이만큼의 존재였는데 몽골에 와서 비로소 라면의 위대함을 깨달았다.

오빠가 굉장히 좋은 회사에 다니고 있었구나, 생기지 않던 존경심마저 들었다. 예민한 코 덕분에 오빠를 우러러볼 기회도 생기고, 세상에서 가장 맛있는 라면도 맛보고. 하지만 이상하게도 썩 기쁘지만은 않았다.

사막 위의 꼬맹이들

몽골의 꽃, 고비 사막. 그러나 꽃의 달콤한 열매를 맛보기까지 고단한 인내가 필요하다. 고비 사막의 황홀함을 느끼기 위해서는 험난한 등반이라는 넘어야 할 벽이 있지만, 그 벽 너머에는 형용할 수 없는 아름다움이 존재한다. 고비 사막이라는 문자 그대로 사막 끝자락까지 올라가는데, 인생의 고비를 마주하게 된다.

하필이면 사막에 늦게 도착했다. 해가 저물 수도 있다는 불안감에 미친 듯이 뛰어 올라가기 시작했다. 물을 챙기고 올라가는 것조차 까먹은 채 무작정 꼭대기를 향해 질주했다. 밑에서 바라본 정상은 그렇게 가파르지 않았는데 도무지 끝이 보이지 않았다. 시작은 가뿐했는데, 점점 모래에 발이 빠져들더니 좀처럼 앞으로 나아갈 수 없었다. 고비 사막의 절정은 석양인데, 올라가다가 석양이 끝날 것만 같았다. 안간힘을 써서 미친 듯이 올라갔다. 결국 인간이길 포기하고 사족보행을 택했다.

정상에서 나를 바라보는 친구의 모습이 보이기 시작했다. 미리 정상에 도착한 자의 여유랄까, 나를 버리고 먼저 뛰어 올라간 친구의 얼굴에는 웃음이 끊이지 않았다. 정상을 바라보며 헉헉대는 내 몰골과 굉장히 대조된 모습이었다. 물을 챙기지 않은 채 사막에 뛰어든 것은 최악의 실수였다. 친구의 손에 쥐어진 물을 던져 달라고 고래고래 소리쳐 보아도 정상에 오를 때까지 결코 친구는 물을 주지 않았다. 정상에 오른 자만이 비로소 꿀맛 같은 물맛을 느낄 수 있다며 쓸데없이 나를 강하게 키웠다. 탈수가 올 뻔했다. 자꾸만 나의 인내력을 시험하는 친구를 때릴 뻔했지만, 친구 말대로 그 물맛은 잊을 수가 없었다. 그렇게 나는 우여곡절 끝에 정상에 도착했다.

물을 먹어도 한동안 숨이 차서 풍경을 볼 수 없었다. 정신을 차리고 보니 눈앞에 너무나도 아름다운 전경이 펼쳐지고 있었다. 여태껏 힘들었던 노고가 사르르 풀리는 기분이었다. 이십 대 후반의 우리들은 너 나 할 것 없이 어린아이가 되었다. 순수했던 그때 그 시절로 돌아간 것마냥 모래와 함께 뛰어놀았다. 순수함보다는 삭막함이 어울리는 어른이 되었지만, 여전히 마음 한구

석에 꼭꼭 숨겨져 있는 순수함을 지닌 우리였다. 결국 놀이터가 아닌 사막이라는 장소만 바뀌었을 뿐, 20여 년이 흘렀어도 생각보다 모든 것은 그대로였다. 시간 가는 줄 모르고 놀이터에서 뛰놀다, 해 질 무렵 저녁 먹으러 돌아오라는 엄마의 부르짖음에 집으로 돌아가야 하는 꼬맹이들처럼, 우리도 고작 몇 번 뛰어논 것 같은데 어느새 돌아가야 할 시간이 되었다.

돌아가는 우리를 반기는 석양은 야속하게도 유난히 아름다웠고, 나는 아직 헤어질 마음의 준비가 되지 않았다. 내일도 해가 뜨고, 해가 지지만 내일이 되면 다른 느낌의 석양일 것 같아서 헤어지기 싫었다. 친구들과 더 놀고 싶어서 헤어지기 싫은 놀이터의 꼬맹이들처럼 그리고 내일도 모레도 친구를 만날 수 있지만, 놀고 있는 지금 이 순간이 가장 소중했던 어린 시절의 나처럼.

너에게서 오는 인복

나에게는 자부심이 있다. 인복이 좋다는 자부심. 어릴 적부터 늘 좋은 사람들과 함께 해왔다. 고등학생인 내게 어른들은 말했다. 고등학교 친구가 진짜 친구고, 대학교 친구는 형식적인 친구니까 지금 곁에 있는 친구들에게 잘하라고. 그런데 적어도 나에게 있어서만큼은 아니었다. 대학교 친구도 고등학교 친구와 다를 바 없었고, 그들도 소중하긴 매한가지였다. 그뿐만 아니라 사회에서 만난 지인들도 마찬가지였다. 퇴사했어도 여전히 회사 동기들과 만남을 이어 가고 있고, 여행에서 만난 동행들도 꾸준히 만나고 있다.

그래서일까 일상에서든 여행에서든 새로운 인연을 만나는 데에 있어 크게 걱정을 하지 않는다. 어련히 좋은 사람을 만나겠거니 한다. 그럼에도 불구하고 인터넷 카페나 SNS로 의도적으로 동행을 구하는 것은 선호하지 않지만, 적어도 몽골 여행만큼

은 달랐다. 몽골 특성상 미리 동행을 구해야 한다. 보통 한 팀은 여섯 명으로 구성되는데, 비행기 표 발권부터 시작해서 귀국까지 함께 움직이는 것이 보편적이다. 여행 기간이 겹치는 사람들을 바탕으로, 가고 싶은 장소나 여행하는 스타일이 비슷한 사람들이 모여 한 팀이 구성된 후에야 비로소 제대로 된 여행 준비를 할 수 있다. 따라서 동행을 구하는 것은 몽골 여행의 시작을 알리는 첫 번째 단계이다.

몽골은 동행이 전부라고 해도 과언이 아닐 만큼 매우 중요했다. 2주 동안 생판 모르는 사람들과 함께 지내야 하는 건데, 사실 너무나도 가혹한 도박이다. 모 아니면 도다. 잘 맞으면 돈 주고도 살 수 없는 최고의 추억을 안고 오는 거고, 안 맞으면 돈은 돈대로 쓰고, 기분은 기분대로 나쁜 최악의 기억만 갖고 오는 거다.

그러나 내 인복은 기대를 저버리지 않았다. 서로에 대해 아는 것이 아무것도 없던 우리는 원래 알고 지낸 친구들처럼 잘 맞았다. 기나긴 이동 시간임에도 불구하고 지루할 틈 없이 차량은 끊임없이 쏟아져 나오는 수다로 가득 찼다. 그렇게 얘기를 하고도 또 무슨 할 말이 남았는지 의문일 정도로 우리의 밤은 다른 사람들의 밤보다 유독 길었다. 어찌 보면 고작 2주라는 짧은 시간이었지만, 몽골에서 함께 만들었던 추억은 절대적인 시간의 양과 비례하지 않았다. 여전히 몽골 단톡방은 쉴 새 없이 알람이 울려대고, 만나면 아직도 그때 그 시절을 회상하며 웃다 지쳐 헤어진다.

　그들은 보란 듯이 내 인복을 증명했고, 덕분에 자부심은 더욱 강해졌다. 그러나 돌이켜보면 내가 잘나서, 아니면 단순히 운이 좋아서 인복이 좋다기보다는, 결국 내 곁에 있는 사람들이 나를 인복이 많은 사람으로 만들어 준 셈이다. 그들이 좋은 사람이기에 내가 인복이 좋다고 느끼는 것이었고, 그만큼 내게 좋은 에너지를 전해 주고 있다는 의미였다. 인복이 좋다고 자부심을 갖기 전에, 주변 사람들에게 고마움을 전하는 게 먼저 아닐까 싶었다. 좋은 인복에 대한 자부심을 갖기에는 나의 지분이 부족했다.

　나 역시 그들에게 좋은 사람으로 남고 싶어졌다. 좋은 에너지를 받기만 하는 사람이 아닌 받은 에너지를 두 배 이상 전할 줄 아는 그런 사람.

술이 달다

별이 쏟아진다. 그래 이게 바로 몽골이지.

내가 몽골에 온 이유였다.

미세먼지 가득한 한국에 살다 보니 언제서부터인가 하늘을 올려다보는 습관이 생겼다. 구름이 뭉게뭉게 펼쳐져 있는 날이면 기분 역시 좋아졌다. 여행이 아닌 일상에서는 사진을 잘 찍지 않는 편이다. 맛있는 음식 사진을 찍는다든가 예쁜 인테리어를 자랑하는 카페 사진을 찍는다거나 모두 내 스타일은 아니다. 그러나 하늘이 맑은 날에는 사진을 꼭 남긴다. 새파란 하늘에 구름이 수놓아져 있으면 사진을 안 찍을 수 없다. 사진을 찍어달라고 하늘에서 손짓하는 것만 같다. 손짓하는 하늘을 매일 볼 수 있다니 몽골에서의 하루하루가 꿈만 같았다.

밤하늘에는 별빛이 가득했다. 감성 충만한 막내들은 별을 바라보며 시를 읊었다. 그만큼의 감성은 도저히 따라갈 수 없어서 감탄만 해줄 뿐, 내가 할 수 있는 거라고는 밤하늘 아래 누워 별을 바라보는 것이었다. 몽골에 오면 매일 밤, 별을 볼 수 있을 줄 알았다. 그러나 날씨가 허락해 준 날만 가능했다. 그리고 허락은 쉽게 해주지 않았다. 그렇기에 별을 볼 수 있는 그 순간이 너무 소중했다.

하루는 동생들이 별에 가까우면 가까울수록 더 잘 보일 거라며 높은 산꼭대기로 올라가서 별을 보자는 귀여운 제안을 했다. 말도 안 되는 소리인 건 알지만 어느새 동생들을 따라서 산을 타고 있었다. 오밤중에 등산이라니 내 인생에 등산과 무슨 인연이 있는 건지 몽골에 와서 지겹도록 등반을 했다.

하지만 나쁘지만은 않았다. 얻은 것도 있었다. 나는 술 한 모금만 마셔도 얼굴이 빨개질 만큼 술을 못하는 사람이다. 치킨에는 맥주, 삼겹살에는 소주라는 대표적인 인기 궁합이 있지만 여전히 난 치킨에는 콜라, 삼겹살에도 콜라다. 콜라라는 환상의 음료를 놔두고 왜 술을 마시는지 그리고 술이 맛있는지 솔직히 모르겠다. 그러나 산꼭대기의 별 하늘 아래에서 마시는 맥주 한 모금은 달라도 너무 달랐다.

　"와, 달다."

　술의 맛을 전혀 몰랐던 내가 내뱉은 한 마디였다. 술이 달다는 맛을 알아버렸다. 술이 달다고 표현하는 사람들을 이해할 수 없었는데 이제야 깨달았다. 그때의 달았던 술맛을 찾고 싶어 여러 번 맥주를 시도해 보았지만 아직까지 찾지 못했다. 분명 똑같은 맥주인데, 왜 그랬을까. 함께 마시는 사람들 덕분이었을까 아니면 아름다운 별빛 하늘이라는 감성적인 안주 덕분이었을까. 어쩌면 모든 것이 조화롭게 어우러진 몽골만의 감성이 가져다준 특별한 선물이었을지도 모르겠다.

달려라 말들아

말이라는 동물은 우리에게 익숙하면서도 익숙하지 않다. 말을 타 볼 아니 심지어 접할 기회가 얼마나 있을까. 끽해야 제주도에서 살짝 맛보기로 타보는 게 전부이지 않을까. 적어도 스스로 말을 탈 경우는 전무하다.

그러나 몽골은 역시 몽골이었다. 마부 없이 혼자서 말을 타보는 경험이라니. 칭기즈칸의 후예에 걸맞게 몽골 사람들은 승마에 능했다. 어린아이도 스스로 말을 타고 다녔다. 그래서일까 당연하다는 듯이 우리에게도 혼자서 말을 타게끔 했다.

아무리 그래도 그렇지,

제대로 말을 타본 적도 없는 우리가?

말은 생각보다 높았다. 낑낑대며 겨우 올라탔다. 올라타는 것
조차 이렇게 힘겨운데 혼자 말을 어떻게 몰라는 건지 의아했지
만, 사람은 역시나 적응의 동물이었다. 금방 알아서들 말을 몰
더니 어느새 사진도 능숙하게 찍고 다녔다. 개울가를 건널 때
쯤 마부가 도와준다고 하면 오히려 괜찮다고 손사래를 쳤다.

"츄- 츄-"

여기저기서 '츄 츄'라는 소리가 들렸다. '츄 츄'는 우리나라
의 '이랴 이랴'의 의미였다. 역시 나는 빨리빨리의 민족일까, 레
이서 본능이 꿈틀댔다. 얼마나 달렸을까, 눈앞에 예쁜 풍경이 펼
쳐졌다. 말을 타고 아름다운 산수를 거느리니 무릉도원에 온 신
선이 된 기분이었다. 옛사람들이 왜 그렇게 시나 가사를 읊었는
지 이해가 갔다. 학창 시절에는 관동별곡 같은 작품들을 왜 자
꾸 읊어서 이 어려운 걸 공부하게 하나 원망했는데, 자연을 바
라보며 저절로 콧노래를 흥얼거리는 내 모습을 보니 이제는 그
들을 헤아릴 수 있었다.

말을 타고 자연을 감상하니 두 발로 걸으면서 대자연 속을 거
닐 때랑은 또 다른 기분이었다. 마치 내가 자연 속의 일부가 되어

아름다운 자연을 장식하는 느낌이었다. 한 폭의 그림 같았던 여기를, 더욱 아름답게 장식한 채 몽골에서의 하루가 저물어 갔다.

이제 집에 가자

집에 갈 때가 됐나, 자꾸 불미스러운 일이 생겼다. 가장 최악의 사건은 마지막 여행지인 테를지에서 발생했다. 테를지에 도착했을 때부터 우중충한 날씨가 우릴 반겼다. 하나도 반갑지 않았다. 설상가상으로 거세게 비까지 쏟아졌다. 결국 테를지의 랜드마크인 거북이 바위 앞에서 단체 사진만 하나 남긴 채 게르를 찾아 나섰다. 그리고 무슨 일이 벌어질지는 상상도 못 한 채 몽골에서의 마지막 밤을 맞이했다.

저녁을 준비하는 내내 밖에서 들리는 시끄러운 소리가 귀를 거슬리게 했다. 현지인들이 단체로 놀러 왔는지 도저히 조용해질 낌새가 보이지 않았다. 어찌나 목청은 그리 큰지, 그리고 말은 얼마나 많은지 슬슬 짜증이 밀려왔다. 떠드는 소리, 토하는 소리, 싸우는 소리 등 온갖 시끄러운 소리가 어우러져 신경이 거슬렸지만, 우리의 마지막 밤을 망치고 싶지 않았기에 최대한 무시하려고 노력했다. 그러나 결코 모르는 척할 수 없는 문제가 발생했다.

우리가 잠자고 있을 때였다. 하필 그날따라 게르 문고리가 고장 나서 잠글 수 없었는데, 술에 취한 현지인 남자들이 여자 게르에 들어왔다. 잠결이라 어떤 상황인지 몰랐는데 알고 보니 한 여자아이의 팔을 붙잡으면서 밖으로 끌고 나가려고 했던 위험천만한 상황이었다. 순간 정신이 들더니 맏언니로서 현지인을 향해 소리치며 화를 냈다.

"당장 나가!"

잠결에 얼마나 놀랐을까. 동생을 잘 타일러주고 있는데, 얼마 지나지 않아 현지인들이 다시 들어왔다. 우락부락한 남자 두 명이 우렁찬 목소리로 알아듣지도 못하는 몽골어로 뭐라 뭐라 하니 당연히 무서웠다. 그래도, 최대한 무서운 티를 내지 않고 화를 내며 다시 내쫓았다. 다행히 그 이후로는 들어오지 않았지만, 잠을 어찌 제대로 청하겠는가. 그렇게 어이없게 몽골에서의 마지막 밤이 끝났다.

여행은 미화라는 강력한 치료제 덕분에 아무리 힘들었어도 아름답고 소중했던 추억으로 남기 마련이다. 그러나 테를지에서 겪었던 정체불명의 현지인 급습 사건은 미화도 힘을 쓸 수 없었다. 그때만 생각하면 여전히 무섭고 끔찍하다. 몽골에서 2주간 아이들과 동고동락하면서 행복하고 찬란했던 순간들을 차곡차곡 쌓아갔는데, 우리들만의 소중한 추억에 이상한 현지인들이 끼어드는 바람에 하나의 오점이 생겨버렸다.

그래도 분명한 것은 나에게 있어 몽골 여행은 최고 그 이상이었다. 정말 이상하다. 생각해 보면 좋았던 기억보다 고생했던 기억이 더 많은데 왜 그럴까. 이상하게 몽골이 좋다.

네팔
NEPAL

설산을 보고 싶어서

나마스떼!

히말라야는 등산가들의 로망이다. 매주 등산하는 아버지만 보아도 알 수 있다. 그러나 나는 등산가도 아니고, 심지어 산을 좋아하지도 않는다. 그저 걷는 것을 좋아할 뿐. 그리고 아름다운 자연 풍경을 좋아할 뿐이다. 그런 나에게 왜 히말라야에 갔냐고 묻는다면 이유는 단순하다.

설산을 보고 싶어서.

이유는 단순했지만 그래도 흔한 동네 뒷산도 아니고, 히말라야기에 사전 준비를 많이 했다. 준비를 하면 할수록 준비해야 할 것이 더 생기는 아이러니한 상황은 무엇일까. 등산을 즐겨하지 않았기에 제대로 된 등산복조차 없던 나는 엄마의 등산복

을 열심히 찾았다. 형형색색의 등산복이 나를 반기는데, 내 스타일은 정말 아니다.

"딸, 원래 등산복은 화려해야 해."

엄마가 빨간색의 등산복을 건네주었다. 입기 싫다는 나에게 한 번 입어만 보라는 엄마. 누가 봐도 나랑은 안 어울리는 것 같은데 자꾸만 잘 어울린다는 엄마다. 한바탕의 칭찬 끝에 결국 빨간 등산복을 들고 내 방으로 들어갔다. 뿌듯해 하는 엄마를 보니 역시 엄마들은 고슴도치가 분명하다.

히말라야를 만나는 길은 험하고도 험했다. 적어도 돈 없는 배낭여행자인 나에게는.

긴 환승 끝에 드디어 네팔의 수도인 카트만두(Kathmandu) 공항에 도착했다. 카트만두에 도착했다고 히말라야를 만날 수 있는 게 아니다. 히말라야는 포카라(Pokhara)라는 도시에서 볼 수 있는데, 가장 편하게 포카라로 갈 수 있는 방법은 비행기다. 카트만두에서 출발하는 포카라행 비행기는 날짜별로 가격 차이가 있지만 대체로 왕복 200달러 정도이며, 소요 시간은 약 30분이다.

그 200달러를 아끼기 위해 야간 버스를 선택했다. 편도 10달러의 가격을 자랑하는 야간 버스의 유혹을 쉽게 뿌리칠 수 없었다. 소요시간은 8~9시간 정도 걸리지만, 돈을 절약할 수만 있

걷다 보면 어른이 되어 있겠지

다면 중요치 않았다. 숙박비를 아낄 수 있기에 평소에도 야간버스를 선호하는 편인 데다가 아무 데서나 잘 자는 축복 받은 여행 유전자를 갖고 있어 사실 당연한 선택이었다.

여행하다 보면 순간의 잘못된 선택으로 걷잡을 수 없이 고생하는 경우가 꽤나 많은데 이번에도 그랬다. 뭐든지 느긋하게 하는 네팔리의 명성에 걸맞게, 도착 예상 시간보다 오래 걸리기도 했지만, 그보다 도로 사정이 너무 열악해서 힘들었다. 이리저리 치이면서 도저히 잠을 청할 수가 없었다.

서러웠다. 편하게 쉴 수 있는 휴양지는 나중에도 충분히 갈 수 있다는 생각에, 한 살이라도 어릴 때 고된 여행지를 찾아다니는 것을 선호한다지만 아닌 건 아니었다. 화장실 냄새가 진동하는 좁아터진 버스 안에서 귀가 찢어질 만큼 시끄러운 TV 소리와 함께 머리를 쾅쾅 박으며 잠도 못 자는 내 처지가 안쓰러웠다.

어딘지도 모르는 곳에서 짐과 함께 내동댕이쳐졌다. 수많은 삐끼가 다가와서 호객행위를 하는데 흥정할 힘도 없었다. 숙소에 겨우 도착하니 또다시 체크인 시간까지 기다려야 했다. 분명 이틀 전에 집에서 떠났는데, 왜 아직도 숙소 침대가 어떻게 생겼는지 구경조차 못하는 걸까.

히말라야에 오르기도 전부터 모든 체력을 쏟아부은 느낌이었다. 숙명이려니 한다. 시간은 많고 돈은 없는 거지 여행자니까. 이름만 들어도 휘황찬란한 히말라야에 도착해서 가장 먼저 떠오른 감정은 얼마나 멋진 설산을 볼 수 있을까 하는 기대감도, 과연 정상에 별 탈 없이 오를 수 있을까 하는 걱정도 아니었다. 그저 열심히 돈을 벌어야겠다는 생각뿐이었다.

그렇게 여행을 해도 적응 안 되는 두 가지. 바로 쥐와 바퀴벌레다. 그나마 바퀴벌레는 여행 인솔을 하면서 많이 익숙해진 편이지만 여전히 쥐는 힘들다. 배낭여행 인솔이었기에 숙소 컨디션이 좋지 않은 곳에서도 머물곤 했는데, 간혹 바퀴벌레가 나오는 경우가 있었다.

그래, 차라리 내 방에 바퀴벌레 나오는 게 낫지.

고객이 머무는 방에 나오면 컴플레인부터 시작해서 방을 바꿔드려야 하고, 혹여나 바꿀 수 있는 방이 없으면 정말 난감해진다. 상황이 이렇다 보니 바퀴벌레가 나오면 나름 감사하게 생각하며 그러려니 하고 잡기 시작했다. 그러나 인솔 도중 숙소에 쥐가 나온 경험은 없어서인지 아직까지 쥐에 대한 공포는 여전하다.

처음으로 쥐를 만난 건 이틀째 밤이었다. 데이터도 터지지 않는 곳이었기에 일행과 이야기하며 심심함을 달래고 있던 참이었다.

"으악!"

이성을 잃고 소리를 질러버렸다. 쥐가 천장에서 벽을 타고 일행의 침대 쪽으로 내려온 것이다. 쥐를 무서워하지 않는다는 일행은 어디로 쥐가 도망갔는지 열심히 찾아보았지만 끝내 쥐는 사라졌다. 마땅히 도망갈 곳도 없는데 쥐랑 한 공간에서 같이 자야 한다니 너무 무서웠다. 자는 동안 내 옆으로 다가오면 어떡하지, 생각만 해도 끔찍한 상상에 도저히 잠들 수 없었다.

하지만 여기는 히말라야였다. 히말라야였음을 잠시 잊었다. 쥐에 대한 공포심보다 등산으로 인한 힘듦이 더욱 강력했다. 도저히 잠들 수 없을 것 같았는데, 너무 피곤했는지 푹 자고 일어나서 그 다음 날 일행 얼굴 보기가 다소 민망할 정도였다. 어젯밤 일행에게 무서워서 못 자겠다고 계속 투정부린 나는 어디로 간 것일까.

한바탕의 쥐 소동이 일어나고, 다행히도 그 이후로는 쥐를 만

나지 않았다. 하기야 고도가 올라갈수록 기온도 많이 떨어져 쥐조차 살아갈 수 없었을 것이다. 나 역시 정상에 가까울수록 핫팩은 기본에 히트택, 바람막이, 패딩을 껴입고 거기에 침낭까지 꽁꽁 싸매고 잤으니 말이다.

그래, 쥐도 살고 싶은 거겠지.
너도 얼마나 힘들겠니. 이 추운 히말라야에서.

요즘은 포터 없이 히말라야를 홀로 등반하는 등산가도 많아졌지만, 포터는 히말라야 트레킹의 필수 요건이라고 생각한다. 히말라야 등반은 생각보다 쉽지 않고, 적어도 포터가 있다면 등반의 질이 확연히 올라가기 때문이다. 배낭은 정말 가벼워야 7kg 정도로 꾸릴 수 있는데, 고산을 등반하는 데 있어 7kg도 가볍게 볼 무게가 결코 아니다.

포터 이름은 샤갈이었다. 착해도 너무 착한 고마운 친구였다. 한국말이라고는 '가자'와 '천천히'밖에 못하는 친구였지만 의사소통에 있어 커다란 문제가 되지 않을 만큼 히말라야에서 언어는 크게 중요치 않았다. 짐을 들어주기만 하면 되는 포터임에도 불구하고 늘 동행해 주며 길을 안내하는 것은 물론, 의도치 않은 문제가 생겼을 때도 친절하게 도와주었다.

히말라야에 오기까지 많은 준비를 하고 왔다고 생각했지만 놓친 부분이 있었다. 바로 롯지의 불문율. 하루 묵을 롯지에서 저녁과 다음 날 아침을 먹는 것이 암묵적인 규칙이었다. 자기 전에 아침 메뉴를 미리 주문하는 게 일반적인데, 난 평상시 아침을 안 챙겨 먹기도 하고 힘들어서 입맛도 없었기에 아침을 먹지 않겠다고 말했다. 처음으로 샤갈에게 당황하는 표정이 보였지만 무슨 상황인지 설명해 주지는 않았다. 결국 해당 불문율을 몰랐던 나는 아침을 거르고 롯지를 나섰다.

착한 샤갈은 다음 날이 돼서야 말을 꺼냈다. 얼마나 고민하고 말했을지 알기에 더욱 미안했다. 돈을 아끼려고 아침을 굶은 게 아닌데, 괜히 머쓱해졌다. 하지만 불문율이고 뭐고, 살려면 아침을 먹어야 했다. 공복에 도무지 앞으로 나아갈 수가 없었다. 입맛이 없더라도 체력을 위해 한 숟갈이라도 떠야 했다. 아침은 롯지 주인의 돈벌이 수단이 아닌 등산가를 살리기 위한 배려가 아니었을까 하는 생각마저 들었다.

등산가에게 아침은 선택이 아닌 필수였다. 초보 등산가는 아직 배워야 할 점이 산더미다. 만약 '네팔 히말라야 트레킹' 네이버 카페에 아침 관련해서 후기 글을 올렸다면 몰매를 맞았을지

도 모른다. 해당 카페에는 유익한 정보가 많다. 수많은 등산가가 본인의 경험을 토대로 다양한 정보를 제공해 주는데, 가끔가다 보면 초보 등산가의 질문에 민망할 정도로 비난하는 경우가 있다. 조언을 넘어서서 역정을 낸다. 기본적인 상식도 없이 히말라야에 가는 건 히말라야에 대한 예의가 아니라고. 물론 그들이 말하는 저의가 무엇인지는 알겠지만, 요즘은 그런 생각이 든다.

조언을 해줄 거면 뭐라도 쥐여 주면서 하라.

인솔을 시작하고 느낀 점이다. 일부 고객은 나에게 조언을 빌미로 끊임없는 잔소리를 했다. 나를 위한 조언임은 분명히 알지만, 계속 들으니 힘이 빠지는 것은 사실이었다. 반면에 일부 고객은 맛있는 거라도 사 먹으라면서 슬쩍 돈을 쥐여 주며 어떤 식으로 인솔을 진행하면 좋을지 조언했다. 분명 같은 조언이었는데, 뭐라도 받고 듣는 조언은 기분이 나쁘긴커녕 나의 부족한 점을 돌이켜보게 했다. 그리고 느꼈다. 나도 누군가에게 조언하고 싶으면 최소한 뭐라도 쥐여 주고 해야겠다고.

분명 나처럼 하루 묵는 롯지에서 아침을 시켜야 하는 것을 모르는 초보 등산가들이 있었을 것이다. 그러나 차마 해당 카페에 글을 올리진 못했다. 나의 후기가 도움이 되는 사람들이 있었겠지만, 뭐라도 쥐여 주지도 않으면서 조언만 해주는 그들이 무서웠다.

히말라야 정상에서

히말라야 안나푸르나 베이스캠프(Annapurna Base Camp) 정상에는 랜드마크가 있다. 바로 ABC 나마스떼 표지판. ABC 등반을 성공한 자라면 누구나 기념사진을 찍는 그 표지판 앞에서, 나 역시 사진을 남기고 싶다는 오기 하나로 열심히 버티고 올라갔다. 베이스캠프 정상에 다다를수록 숨도 쉬기 어려워 한 걸음조차 내딛기 버거웠다. ABC로 향하는 풍경은 아름다웠는데 힘들어서 주변을 돌아볼 겨를이 없었다. 메고 있는 짐을 전부 다 버려버리고 싶을 만큼 정상을 맞이하는 길은 고됐다. 등반 중에 오고 가며 만나는 사람들과 나마스떼라고 인사를 나누는 것이 일반적인데, 정상을 향할수록 인사말이 줄어들었다. 모두들 인사할 기력조차 없었다. 하기야 본인 몸 하나 간수하기도 벅찬데 인사는 무슨, 사치였다.

정상에 다다르면 눈물을 흘릴까?

히말라야 등반 후기를 보면 너무 감격해서 눈물을 흘리는 사람들도 종종 있었는데, 웬걸 눈물 한 방울조차 나지 않았다. 천신만고 끝에 드디어 나마스떼 표지판을 마주한 나는 눈물을 흘릴 겨를도 없이 기념사진을 찍느라 바빴다. 젖 먹던 힘까지 짜내서 점프샷을 찍었고, 이렇게 히말라야 정상에서 나의 마지막을 불태웠다. 배고픔도 잊어버렸는지 점심도 거른 채 잠들어버렸다. 정상에 도착했다는 벅찬 감동이 당연히 있었지만, 온몸은 쑤시고 피로는 쌓일 대로 쌓였기에 제대로 감동을 느끼지도 못하고 잠들어 아쉬울 뿐이었다.

드디어 해냈다는 성취감은 짜릿했다. 오랜만에 내가 살아 있음을 느꼈고, 무엇이든지 해낼 수 있겠다는 마음가짐도 생겼다. 잠시 숨어져 있던 나의 열정이 꿈틀꿈틀 기어 나오는 기분이었다. 그만큼 히말라야가 가져다주는 성취감은 말로 표현할 수 없이 컸는데, 성취감을 맛보기 위한 과정이 너무나도 가혹할 뿐이었다. 시간이 지나면 괴로운 기억은 사라지고 행복한 추억만 남을 것을 알지만, 그러기에는 최소한 3년은 흘러야겠다. 그만큼 히말라야의 여운은 강력했다. 히말라야 등반도 중독이라는

데 적어도 나는 아닌 것 같다.

그러나 단 한 번.

아버지를 위해서 훗날 딱 한 번만 다시 올 것이다. 이 힘겨운 산을 또 타야 한다니 벌써부터 막막하긴 하지만 효도하는 생각으로 아버지와 함께 히말라야를 등반하고 싶다. 아버지는 산을 워낙 잘 타서 페이스를 따라갈 수 있을지 의문이긴 하지만, 적어도 딸내미와 함께 히말라야를 등반했다는 것은 아버지 친구들에게 거대한 자랑거리가 되지 않을까 싶다. 맨날 받기만 했던 아버지의 사랑을 이렇게나마 조금씩 갚아나가고 싶은 모양이다. 히말라야에서 아버지의 사랑을 돌이켜 보고, 이것으로 히말라야 등반의 이유는 충분했다.

드디어 콜라다운 콜라

고도가 높아지면 부피가 팽창해진다는 것은 알았다. 그러나 탄산의 세기가 약해진다는 것은 차마 알지 못했다. 탄산 없이 살 수 없는 나는, ABC 정상에서도 탄산을 포기할 수 없었다. 메뉴판에 적혀 있는 콜라 가격에 기겁할 뻔했지만, 이미 고되고 고된 트레킹에 이성을 잃은 지는 오래인지라 주문하는 데 있어 크게 망설이지는 않았다. 콜라 한 캔에 무려 420루피(한화 약 4,000원)였지만 정상에서 맛보는 탄산이라면 충분한 가치가 있다고 생각했다. 학창 시절, 열심히 수업 좀 들을걸, 고도가 높아지면 탄산이 사라진다는 걸 모른 채 사버렸다. 과학 시간에 집중하지 않고 딴청 하던 내게 주어진 벌이려니 한다.

사실 4천 원 돈은 히말라야 정상이라는 지역적 특수성을 감안하면 이해할 수 있는 가격이다. 하지만 롯지 주인이 은근슬쩍 가격을 속이는 바람에 실제로는 8천 원짜리였다. 일반적으로 결제를 다음 날 아침에 떠날 때쯤 합산해서 하는데, 나중에 영수증을 보니 820루피로 적혀 있었다. 자잘한 사기를 당한 셈이지만 어쩌겠나, 몸이 힘들어서 영수증까지 살펴볼 기력이 없는 것을. 산꼭대기일수록 나처럼 정신 못 차리는 등산객들이 많을 테니, 이런 등산객을 노리고 사기를 치는 것 같다.

결국 한 캔에 무려 820루피짜리 콜라를 먹은 셈인데, 탄산의 짜릿함을 하나도 맛보지 못했다. 밀려오는 허무함과 함께 탄산 가득한 콜라에 대한 미련을 가득 안은 채, 열심히 하산을 시작했다. 기필코 제대로 된 콜라를 먹겠다는 다짐으로 최대한 빠르게 하산하고 또 하산했다. 그렇게 이틀이 지나고 드디어 오스트레일리안 캠프에 도착했다. 오스트레일리안 캠프는 고도도 낮고, 체력적으로도 부담이 없어 가족 단위로 캠핑하러 놀러 오는 곳이다.

역시 고도가 내려가니, 드디어 콜라다운 콜라를 맛볼 수 있었다. 콜라를 따는 소리부터가 남달랐다. 내가 알던 탄산 소리다. 음식도 확실히 맛있어졌다. 그러니 오스트레일리안 캠프에서의 하루가 달콤할 수밖에. 이렇게 마음이 편안할 수가, 분명 온몸

이 쑤시고 아팠는데 절로 낫는 기분이었다. 세상도 온통 아름다웠다. 아무리 화장실이 더러워도, 음식이 암만 늦게 나와도 이날만큼은 모든 것이 용서되었다.

무엇보다 맛있는 콜라가 내 마음을 더욱 풍족하게 했다. 따듯한 햇살 아래에 누워 먼 산을 바라보며 콜라 한 모금을 마시고 나니 그렇게 행복할 수가 없었다. 사실 아직도 잘 모르겠다. 정말로 콜라가 그만큼 맛있던 건지, 아니면 그때의 내가 무엇을 먹어도 다 맛있던 건지.

죽을 만큼 힘들었던 히말라야 트레킹이 끝나고 오래간만에 여유가 찾아왔다. 아무것도 하지 않고 빈둥빈둥 누워 있어도 죄책감이라는 것을 하나도 느끼지 않을 만큼 히말라야 트레킹의 여파는 컸다. 트레킹을 하면서 굶주렸던 배를 채우기 시작했다. 한식을 먹으러 네팔에 왔나 싶을 정도로 한식당이란 한식당은 전부 찾아다녔다. 점심과 저녁을 모두 한식으로 해결하고 나니 그제야 허기가 사라졌다. 히말라야 트레킹을 다녀온 사람들의 후기를 보면 그토록 힘들게 완주하고도 살이 빠지긴커녕 찐다고 하는데 왜 그런지 알 것 같았다. 입맛이 그렇게 돌 수가 없었다. 등산으로 힘겹게 빠진 살이, 먹는 것으로 도로 채워졌다. 배가 부르니 사람이 더욱더 늘어졌다.

얼마나 쉬었을까, 패러글라이딩을 하러 출발했다. 포카라는

세계 3대 패러글라이딩 중 하나로, 매우 유명하다. 그중 가장 저렴한 가격을 자랑하는데, 2019년 기준으로 영상과 사진을 포함하여 약 6만 원이었다. 스위스는 기본 20만 원 정도니 매우 저렴한 셈이다. 준비물은 간단했다. 외투와 편한 신발, 그리고 선글라스가 전부였다. 처음이라 떨렸지만 현지인 강사가 편안하게 분위기를 이끌어 주다 보니 금세 긴장은 사라졌다.

아빠와 함께 놀이기구를 타는 꼬맹이처럼 아무 걱정 없이 행복했다. 나의 행복함을 보여주기라도 하듯 사진에 찍힌 내 모습이 전부 해맑았다. 탑승시간도 20분 정도로 길었다. 오히려 나중에는 지루해서 내려가고 싶을 정도로 충분했다. 하늘에서 내려다본 히말라야는 두 발로 걸으며 마주한 히말라야와는 또 다른 느낌이었다. 땀을 뻘뻘 흘리며 몇 날 며칠을 고생한 끝에 마주한 풍경이 아닌, 하늘에서 신선놀음을 하며 볼 수 있는 경치였기에 분명 같은 히말라야였지만 작게만 느껴졌다.

여유는 여기서 끝나지 않았다. 히말라야의 관문이라고만 생각했던 포카라는 알고 보니 최고의 휴양 도시였다. 포카라에는 네팔에서 두 번째로 큰 호수인 페와 호수(Phewa Lake)가 있는데, 말로 형용할 수 없이 고요하고 평화로웠다. 일출로 유명한

전망대인 사랑곳(Sarangot)에서도 여유로움은 마찬가지였다. 새벽 일찍부터 일어나 부랴부랴 택시를 타고 가기보다는, 사랑곳에서 여유롭게 하루를 머물고 일출을 보고 싶었다. 씻지도 못한 채로 일출을 봤을 만큼 오히려 너무 여유를 부리다가 해돋이를 놓칠 뻔했다.

포카라에서의 삶이 적응되어 가는지 나도 점점 네팔리처럼 느긋해졌고, 그 삶도 나쁘지는 않았다. 무엇보다 트레킹을 완주한 사람만이 즐길 수 있는 여유였기에 당분간은 이렇게 여유롭게 살아가고 싶었다.

항공사에서 일하던 당시, 히말라야로 신혼여행을 가는 커플을 접한 적이 있었다. 그들은 일방적인 항공사 측의 시간대 변경으로 여행 일정에 많은 차질이 생겼다. 불만을 품는 건 당연했다. 신혼여행을 3개월 앞두고 예약한 비행기 시간대가 바뀌어 다른 날짜에 떠나야 한다니. 하지만 안타깝게도 뾰족한 해결책은 없었고, 비난의 화살은 오롯이 나의 몫이었다. 신혼여행은 다가오고 있는데, 여전히 답은 보이지 않았다. 결국 그들의 신혼 여행지에 불똥이 튀었다.

왜 하필 많고 많은 곳 중에 히말라야로 신혼여행을 가는 거야?

직접 히말라야를 등정하고 오니 이제는 알 것 같다. 왜 그들이 히말라야로 신혼여행을 선택했던 것인지. 도저히 이해되지 않았던 그들의 선택에 비로소 공감하게 되었다. 히말라야는 그 어디보다도 특별한 신혼 여행지일 수밖에 없다. 아무나 쉽게 도전할 수 없기에 히말라야라는 이유만으로 신혼여행에 유니크한 이미지를 심어준다. 그들은 세상 어디에도 없는 둘만의 소중하고 값진 추억을 꿈꾸며 히말라야로 떠났을 것이다.

　일반적인 커플에게 히말라야 신혼여행은 다소 부담이 될 수 있으니 신혼여행까지는 아니어도 커플 여행으로는 가보길 추천한다. 물론 사랑이 더욱 견고해진다거나 혹은 뒤도 안 돌아보고 헤어진다거나 둘 중 하나겠지만. 이보다 극단적인 표현이 있다면 더욱더 극단적으로 표현하고 싶다. 아무리 산을 좋아하는 등산가여도 히말라야는 히말라야다. 한마디로 누구나 힘들 수밖에 없는 곳이다. 힘든 만큼 쉽게 예민해지기에 배려심을 필요로 하지만, 힘들 때일수록 서로에게 의지하게 된다. 나아가 험난한 고생 끝에 히말라야를 정복했다는 성취감은 그들에게 도전과 용기를 심어줄 것이다. 게다가 둘이 함께 해냈으니 얼마나 더 감격스러울까, 그렇게 둘만의 영원한 추억이 생긴다.

　도전적이고 모험적인 것을 좋아하는 나는 신혼여행에 대한 로망이 있다. 남들 다 가는 흔한 여행지 말고 우리 둘만의 특별한 곳을 향해 떠나고 싶다. 신혼여행으로 부부 세계여행도 꿈꾸고 있다. 현실적으로 말도 안 되는 소리다. 철없는 소리인 것은 알지만 그래도 꿈이라도 꿀 수 있는 거니까 열심히 꿈꾸고 있다. 이런 나조차도 신혼여행으로 히말라야를 가는 커플을 이해하지 못했는데, 평범한 신혼부부들은 얼마나 어처구니없게 생각할까. 그러나 히말라야를 다녀오고 나니 히말라야로 신혼여행을 간다면 미쳤다고 생각했던 내가 히말라야도 긍정적으로 생각하고 있다. 정말 미쳤나 보다.

걷다 보면 어른이 되어 있겠지

인도네시아
INDONESIA

그냥 네가 좋아

아빠 까바르!

　동남아를 향한 한국인들의 애정은 각별하다. 저렴한 물가, 짧은 비행시간, 좋은 관광 인프라 등 다양한 이유로 동남아를 많이 찾는다. 특히 인도차이나반도 4개국(베트남, 태국, 캄보디아, 라오스)은 한국인에게 너무나도 익숙한 여행지가 되었다. 그러나 이상하리만큼 인도네시아에 대한 관심은 적다. 심지어 인도네시아와 인도를 같은 나라라고 착각하는 사람들도 많다. 혹여나 관심이 있다 한들 그저 발리에만 치중되어 있을 뿐이다.

　인도네시아는 내가 가장 사랑하는 동남아 여행지로, 인도네시아가 좋아서 심지어 여행 인솔까지 한 나라다. 사실 왜 좋다고 콕 집어 말하기는 어렵다. 정겨운 나라 분위기, 사람 냄새 풍기는 순박함처럼 말로 표현하기 어려운 부분이다. 마치 남자친구가 왜 좋으냐고 묻는 말에 좋긴 좋은데 그가 왜 좋은지 구체적으로 설명을 못하는 것과 비슷한 맥락 같다. 인도네시아와 사랑에 빠진 구체적인 이유는 모르겠지만, 인도네시아만의 고유한 매력은 나를 사로잡기에 충분했다.

한국에서 살아갈 수밖에 없는 가장 큰 이유, 입맛. 나는 매우 전형적인 한국 입맛을 가지고 있다. 여자들이면 대부분 좋아할 파스타조차 별로 안 좋아한다. 워낙 친구들이 좋아해서 이제는 먹긴 하지만 여전히 내 스타일은 아니다.

외국에서 지내다 보면 어느새 메모장은 빼곡히 적힌 먹거리 리스트로 가득 찬다. 생각날 때마다 먹고 싶은 음식들을 적은 것이다. 그리고 한국에 돌아와서 적어놓았던 음식들을 하나둘씩 찾아 먹는다. 오랜만에 한국에 돌아온 나에게 주는 선물이랄까. 먹거리 리스트를 클리어해가는 소소한 재미도 있다. 먹고 픈 음식 1위와 2위는 늘 정해져 있다. 1위는 순댓국 그리고 2위는 감자탕. 외국에서는 맛보기 힘든 국밥 종류가 가장 그립다.

물론 내가 한국인이라서 그럴 수도 있겠지만, 아무리 생각해도 한식만큼 맛있는 음식이 없다. 맛 좋고 게다가 영양가까지 높은 음식이 한식 말고 몇이나 있을까. 실제로 채식주의자거나 매운 것을 아예 입에 못 대는 외국인 친구들을 제외하고는 하나같이 감탄했다. 아쉬운 점은 외국에서 한식을 접하기 힘들고, 가격 역시 비싸다는 점이다. 가격도 저렴하고 어디에서나 쉽게 맛볼 수 있는 중식에 비하면 너무 아쉽다. 한식당의 인프라도 잘 구축되어 더욱더 많은 사람들이 한식의 매력에 빠지길 바라본다.

　돈 없는 배낭여행자 처지여도 한식당은 결코 포기할 수 없는, 100% 토종 한국인 입맛인 나에게 인도네시아 음식은 감사할 따름이다. 일반적으로 나는 외국에 있으면 살이 빠진다. 입맛에 안 맞아 못 먹다 보니 저절로 강제 다이어트가 된다. 물론 한국에 돌아와서 먹거리 리스트를 모두 클리어하면 금방 제 몸무게로 돌아오지만. 이런 나에게 인도네시아는 달랐다. 현지식이 입에 맞는다. 나처럼 특유의 향 때문에 현지식을 싫어하는 사람들도 인도네시아 음식만큼은 맞을 것이다. 인도네시아는 음식조차 맛있으면 어떡하라는 걸까 곤란하다. 원래도 사랑스러운 인도네시아와 더욱 깊게 사랑에 빠질 것만 같다.

걷다 보면 어른이 되어 있겠지

한국인이라는 이유 하나만으로 환대받는 곳이 있다?
그렇다, 바로 인도네시아다.

족자카르타(Yogyakarta)는 한국인에게 다소 익숙하지 않다. 인
도네시아라는 나라 자체도 익숙한 편이 아닌데, 발리나 자카르
타가 아닌 족자카르타라니 어쩌면 당연하다. 그러나 족자카르
타에서의 한국인에 대한 환대는 상상 그 이상이었다.

인도네시아의 경주, 족자카르타는 수많은 유적을 자랑한다. 인
도네시아의 약 87%의 인구가 이슬람이지만 다양한 종교 유적지
가 존재한다. 특히, 세계 3대 불교 유적인 보로부두르(Borobudur)
사원과 힌두문화를 볼 수 있는 프람바난(Prambanan) 사원은 족
자카르타의 핵심 유적지다. 거대한 규모와 함께 다양한 볼거리

를 자랑한다. 그러나 놀랍게도, 유적의 멋스러움보다 더욱 기억에 남는 것이 있었으니. 바로, 한류의 위대함. 갑자기 어디선가 한국말이 들렸다. 제법 정확한 발음으로 건넨 인사였다.

"안녕하세요. 한국인이세요?"

깜짝 놀랐다. 동남아 어딜 가도 쉽게 만나던 한국인을 단 한 차례도 접하지 못한 족자카르타였으니 놀랄 수밖에. 물론 지금은 족자카르타에서도 한국인을 비교적 쉽게 볼 수 있지만 그때 당시는 아니었다. 하지만 현지인들은 한국어로 우리에게 말을 걸고, 사진을 여러 차례 부탁하고, 한국인이라는 이유로 환대해 주고 있었다. 갑자기 애국심이 차올랐다. 자랑스럽고 위대한 대한민국이었다. 대학 진학을 앞둔 동생이 진지하게 나에게 말을 걸었다.

"누나, 나 인도네시아 대학 갈까 봐."

태어나서 이렇게 많은 인기를 누린 적이 처음이라는 동생의 뼈가 있는 한 마디였다.

천상의 빛으로 유명한 좀블랑(Jomblang) 동굴에 가는 날이었다. 하루에 단 50명. 좀블랑은 선착순으로 관광객을 받기에 아침 일찍부터 출발했다. 오전 10시부터 12시까지 약 2시간 동안만 천상의 빛을 볼 수 있는데, 빛을 보기 위해 60m 아래로 내려갔다. 모든 것은 수작업이었다. 사람을 내리고 당기고 하는 것 역시 마찬가지였다. 갑자기 나의 무거운 무게가 죄스럽게 느껴졌다. 좀블랑 동굴은 가격이 꽤나 비싼데 왜 그러한지 이해가 되는 부분이었다.

60m라는 높이는 생각보다 상당히 높았다. 사람이 공포심을 느끼는 높이가 10m부터라고 하니 어찌 보면 무서운 게 당연했다. 그러나 무섭기보다는 의외의 부분에서 문제가 생겼다. 안전띠를 너무 세게 조이는 바람에 다리가 끼여, 죽을 만큼 아파 무

서움을 느낄 겨를도 없었다.

　우여곡절 끝에 본격적으로 동굴 탐험을 시작했다. 동굴 속으로 들어가니 위에서 황토색 물이 뚝뚝 떨어졌다. 흰옷을 입고 온 동생의 얼굴이 점점 일그러지는 것을 보면 좀블랑의 필수 준비물은 진한 색깔의 옷이 되겠다. 그리고 또 하나의 팁은 헤어캡인데, 가장 중요하다. 무조건 챙겨야 한다. 안전상의 이유로 헬멧을 써야 하는데, 빌려주는 헬멧에서 최악의 냄새가 난다. 아무리 그래도 냄새는 적응되기 마련인데, 이 냄새는 예외였다. 헬멧 세척을 따로 하지 않는 걸까, 숙소로 돌아가자마자 미친 듯이 머리를 헹궜는데도 소용없었다.

　날씨가 맑지 않았던 탓에 뚜렷한 천상의 빛은 영접하지 못했다. 그래도 보긴 봤으니, 감사한 마음을 갖고 되돌아가는데 저 멀리서 카메라맨이 우릴 향해 열심히 셔터를 눌러댔다. 사진을 팔기 위한 그의 노력이 돋보였다. 여행에서만큼은 아낌없이 돈을 쓰자는 사람들도 많지만, 나는 여행 중이라도 쓸데없이 소비하는 것을 좋아하지 않는다. 그러나 이번에는 동생과 함께한 여행이라서 그런지 연거푸 불필요한 소비를 했다. 특히 찍어준 사진을 사는 병이라도 걸린 듯, 추억이라는 핑계를 발판 삼아

비싼 돈을 주고 자꾸만 사진을 샀다. 평상시 같았다면 절대 사지 않았을 사진들이었는데, 동생과의 추억을 간직하고 싶은 누나의 마음이었을까.

인도네시아를 좋아하는 이유에 대한 답을 이제야 어느 정도 찾았다. 베짱이의 삶을 살았기 때문이었다. 좋은 것을 보고, 맛있는 것을 맛보고, 사고 싶으면 사고, 쉬고 싶으면 쉬는 베짱이였으니까. 그렇게 인도네시아는 베짱이가 얼마나 행복한 삶을 살았는지 몸소 깨닫게 해주는 곳이었다.

지옥의 화산 투어

한 번쯤은 해볼 만해.

브로모(Bromo) · 이젠(Ijen) 화산 코스가 그런 곳이다. 한 번이면 족하다는 전설의 지옥행 코스를 나는 계속해야 했다. 왜냐하면 인솔자였으니까.

동생과 함께 처음으로 브로모 화산을 찾았다. 아무것도 몰랐던 우리는 저렴하다는 이유 하나만으로 기차도 아닌 미니버스를 타고 이동했다. 정말 미친 짓이었다. 에어컨은커녕, 의자도 뒤로 젖힐 수 없었다. 의자가 편하기라도 하면 다행이지, 편하긴 개뿔 머리받이조차 없었다. 12시간 넘게 그런 미니버스에 갇혀 있었고, 심지어 그때 당시는 고속도로가 생기기 전이라서 도로 상태도 최악이었다.

우여곡절 끝에 브로모에 도착했다. 인도네시아에서 결코 느끼지 못했던 서늘한 공기가 우릴 반겼다. 시원한 공기가 아닌 차가운 공기였다. 어느 정도 마음의 준비를 하고 왔는데도 너무 추웠다. 현지인들은 털장갑에, 털모자에, 패딩에 중무장을 했다. 추워하는 우리에게 다가와서 방한용품을 사라며 자꾸 호객행위를 하지만 결코 넘어가지 않았다. 한국의 영하권 추위에 맞서 싸우는 한국인의 패기를 보여주었다.

배정받은 숙소를 보자마자 좌절에 빠졌다. 여태껏 머문 숙소 중에 가장 최악이 아니었을까. 물도 제대로 나오지 않을 거면 화장실은 왜 있는 걸까, 화장실의 존재 이유가 궁금해졌다. 그래 화장실까지는 이해해 보자. 그래도 숙소 문은 닫혀야지. 문이 제대로 잠기지 않아 차가운 바람이 쌩쌩 들어왔다. 그 와중에 버스 기사가 불쑥 들어오더니 춥다며 담요 하나를 들고 갔다. 아니 뺏어가는 게 맞겠다. 우리는 안 춥나? 나도 춥다고 말해 보지만 아랑곳하지 않았다.

가뜩이나 추워서 잠도 제대로 못 잤는데, 눈을 잠깐 부치자마자 기상할 시간이었다. 브로모 일출을 보기 위해 새벽 3시부터 깜깜한 어둠을 헤치며 등산을 시작했다. 분화구를 향한 가파른

계단도 이겨냈다. 그러나 결론부터 말하면 브로모는 아무것도 보여주지 않았다. 너무 허탈했다. 허탈을 넘어서서 화가 났다. 12시간 동안 탄 미니버스부터 시작해서 여태껏 했던 개고생이 주마등처럼 흘러갔다. 우리 몰골은 더 허탈했다. 강한 비바람이 쳐서 우산은 저 멀리 날아 간 지 오래이며, 물에 빠진 생쥐마냥 온몸은 비에 쫄딱 젖었고, 새하얗던 신발은 새까맣게 더러워졌다.

웬만해선 화를 내지 않는 동생이 더러워진 신발을 가차 없이 쓰레기통에 던져 버렸다. 말없이 슬리퍼로 갈아 신은 후 깊은 한숨을 내쉬었다. 동생 눈치가 보이기 시작했다. 도저히 이젠(Ijen) 화산을 갈 수 있는 분위기가 아니었다. 브로모에서 호되게 당하는 바람에 결국, 이젠(Ijen) 화산도 가지 않은 채 돌아오기로 결정했다.

돌아오면 끝일 줄 알았는데 돌아오는 과정도 만만치 않았다. 12시간이 아니라 무려 15시간이 걸렸다. 기사가 졸음운전을 했는지 오토바이와 약간의 충돌이 있었다. 교통사고까지 겹쳐 길에서 더욱 지체되어버린 셈이다. 사고 차량은 합의금으로 2만 원 정도의 돈을 요구했는데 기사가 그만큼의 돈이 없었던 모양이다. 돈이 없다고 우리에게 울먹이며 호소하는데, 어찌 안 드릴 수 있겠는가. 게다가 브로모에서 지칠 대로 지쳤기에 그저 빨리 돌아가고 싶었던 마음이 컸다. 결국 소정의 돈을 모아 기사에게 합의금을 쥐여 주었고, 그랬기에 이마저도 15시간 안에 돌아올 수 있지 않았나 싶다.

그렇게 내 인생에 두 번 다시 브로모 화산은 없을 거라 생각했다. 그러나 역시 사람 일은 모르나 보다. 인도네시아 인솔자가 될 줄이야. 인솔하다 만난 브로모는 달랐다. 꽁꽁 싸매던 브로모가 모습을 드러냈다. 이렇게 웅장하고 멋있는 곳일지는 상상도 못했다. 고생만 하고 아무것도 못 봤던 동생이 떠올랐다. 안쓰러운 마음에 사진이라도 찍어 보내주었지만 동생은 아무런 감흥이 없다. 그의 인생에서 브로모는 완전히 지워버렸나 보다.

브로모 화산만도 지옥 코스라고 생각했는데, 이젠 화산을 다녀오고 나니 브로모는 아무것도 아니었음을 깨달았다. 브로모, 이젠 2박 3일 코스가 진정 지옥행이었다. 브로모 화산 구경이 끝나면 이젠 화산을 향해 미니버스를 타고 약 9시간을 달려야 한다. 그리고 무려 새벽 1시부터 시작하는 7시간짜리 트레킹이 기다린다. 수천 개의 돌계단을 오르락내리락해야 하며 미친 듯이 뿜어져 나오는 유황 가스도 이겨내야 한다. 여기서 끝이 아

니다. 날씨가 나쁘면 말짱 도루묵이다.

인솔을 하다 보면 어찌나 하고 싶은 말이 많은지 그리고 왜 그렇게 궁금한 건 또 많은지 계속해서 이것저것 물어보는 손님 이 꼭 있다. 그런 사람들도 조용해지는 곳이 바로 여기이다. 이 쯤 되면 여행 코스가 아니라 고행 코스임이 분명하다. 이만큼의 고생을 하면서까지 보러 올 가치가 있는 곳인지 솔직히 잘 모르 겠지만 한 번쯤은 와볼 만한 곳이라고 생각한다. 어디에서 쉽게 볼 수 없는 경이로운 화산임은 분명하니까. 그러나 딱 거기까지.

수마트라 섬에서 만난 인도

인도네시아. 괜히 나라 이름 앞에 '인도'가 붙은 게 아닌 걸까? 기분 탓일까 왜 인도 느낌이 나지?

지극히 개인적인 견해지만 나는 아직까지 인도의 매력을 찾지 못했다. 아니 굳이 찾고 싶지 않다. 튼튼한 장을 가지고 있다고 자부하는 나였지만 그런 나도 버티지 못했던 곳이 바로 인도다. 인도에서 처음으로 배운 영어 단어가 'diarrhea(설사)'였을 만큼 도착하자마자 물갈이가 심했고 머물렀던 두 달 내내 물갈이에서 벗어나지 못했다. 현지인 의사조차 알 수 없던 정체 모르는 벌레에 물려 손목에는 강제 '인디언 타투'가 생겼고, 이제는 흘러간 시간만큼이나 상처 역시 많이 옅어지기는 했지만 여전히 희미하게 보이는 상처는 인도에서의 고된 시간을 떠올리게 한다. 물갈이에 치이고, 벌레에 치이고, 사람에 치이고, 모든 것에 치이고 고생만 남은 인도였다. 그렇게 인도는 나에게 마지막일 거라고 생각했는데 이상하다. 인도네시아에서 인도의 느낌이 나기 시작한다.

인도네시아 두마이(Dumai) 항에 내리자마자 수많은 호객꾼이 나를 붙잡았다. 커다란 배낭 하나 메고 홀로 두리번거리는 내 모습이 호객꾼의 눈에 띄는 건 당연했다. 목표는 페칸바루(Pekanbaru)로 넘어가는 차량을 타는 것이었는데 역시나 말도 안 되는 가격부터 시작했다. 숨 막히는 흥정 끝에 합의점을 찾았다. 비좁은 맨 뒤칸에 앉는다는 조건이었다. 암만 봐도 사람이 앉을 자리는 아닌 거 같은데. 별수 없이 그렇게 7시간을 버텼다. 도로는 이차선 도로. 앞에 차량이 조금이라도 늦게 달리면 반대 차선에서 차량이 오든 말든 서로 앞지르려고 난리도 아니었다.

얼마 후 기사가 저녁을 먹으라며 내리라고 소리쳤다. 도착한 현지 식당은 일반적인 인도네시아 식당과 느낌부터 달랐다. 앉자마자 밥이 가득 담긴 커다란 양푼과 여러 개의 밑반찬을 묻지도 않고 가져다주었다. 시키지도 않은 음식을 왜 가져다주나 싶었는데 파당(Padang) 음식이란다. 파당은 수마트라(Sumatra) 섬 중부에 있는 지역 이름인데, 본인이 먹은 것만 계산하는 방

식이다. 만약 먹지 않을 음식이라면 애초부터 치워놓고 식사를
하는 것이 좋다. 식사 방식도 다소 신선하지만, 더욱 새로웠던
것은 수저 대신 손을 사용해서 식사하는 현지인들의 모습이었
다. 인도에서만 보았지, 인도네시아에서는 접하지 못한 광경이
었는데 나의 좁은 시야를 실감하는 순간이었다.

좁은 차 안에서 몸을 구겨 타며 얼마나 지났을까, 드디어 숙
소에 도착했다. 연말 시즌이다 보니 괜찮은 숙소는 이미 만실이
었고, 겨우 구한 숙소였기에 큰 기대 없이 도착했다. 기대조차
없었건만 숙소로서 최소한의 구실만 갖춰주면 감사할 텐데 이
조차도 사치였나 보다. 창문은 제대로 닫히지도 않아 온갖 벌레
의 공격을 받는 것은 물론, 화장실도 푸세식 화장실이었다. 그
리고 샤워기 없이 양동이 하나가 덩그러니 날 반기고 있었다.

양동이 샤워라, 내가 양동이 샤워를 또 할 줄이야.

양동이에 차가운 물을 받아 벌벌 떨며 샤워를 하고 있자니 갑
자기 인도에서의 서러움이 떠올랐다. 내가 지금 인도네시아에
있는 건지 인도에 있는 건지, 여기가 정녕 내 사랑 인도네시아
가 맞는 건지 의문이 들기 시작했다. 수마트라 섬에서 인도라,

상상조차 못했는데 이 난관을 어찌 극복해 나가야 할 것인가.

단면적인 면만 보고 전체를 판단하지 말기.

수마트라 섬에서 깨달은 배움이었다. 인도네시아는 섬이 가장 많은 나라로, 약 2만 개의 섬이 존재한다. 무려 2만 개의 각양각색의 섬이 있는데, 고작 몇 군데를 여행해놓고 인도네시아는 이렇다저렇다 판단한다는 건 잘못된 사고였다. 오만한 생각이었다. 단면적인 면만 보고 어떻게 전체를 판단할 수 있겠는가. 사람을 대할 때도 마찬가지였다. 보이는 게 전부가 아닐 텐데 나만의 잣대로 선을 긋고 사람을 대하고 있었다. 위험한 태도였다. 오랜 시간 함께 하지도 않았으면서, 상대방에 대해 제대로 알지도 못하면서 그들의 일부분만 보고 판단하다니. 판단을 내리기엔 너무나도 섣부르고, 내가 상대방을 판단할 만큼 대단한 사람이 아니었다.

나는 여행하기에 최적의 몸을 지녔다. 화장실도 마음만 먹으면 참을 수 있고, 차 타면 바로 잘 수도 있고, 다소 비위생적인 숙소에서도 잠들 수 있다. 머리만 대면 잠드는 타입이다. 더욱이 배낭여행을 하며 숱하게 육로 이동을 해왔기에 8시간 기차 정도야 껌이라고 자신만만했다.

8시간, 기차로 족자카르타에서 프로볼링고(Probolinggo)까지 걸리는 시간이었다. 커다란 배낭을 메고 과자랑 물 하나만 챙긴 채 태연하게 기차에 탑승했다. 8시간은 껌이라고 자부했는데 언제부터였을까 껌 씹는 게 이렇게 어려워진 것이.

8시간조차 힘이 들었다. 오랜 시간 동안 기차 안에서 아무 생각 없이 세월아 네월아 하는 것이 주특기였는데 이제는 무료해졌다. 실컷 잤다고 생각해도 일어나 보면 시간이 얼마 지나지 않았다. 나중에 시베리아 횡단 열차도 타보고 싶은데 과연 탈 수 있을까 의문이 든다. 8시간도 힘든데 일주일간 기차에서 먹고 자고 할 수 있을까.

정말 나이를 먹었나?

아닐 거라고 부정해 봐도 체력이 다름을 느낀다. 20대 초반의 나와 20대 후반의 나. 여행을 다니다 보면 더욱 쉽게 실감할 수 있다. 하루 종일 돌아다녀도 힘들긴커녕 내일은 또 뭐 할지 계획을 짜면서 잠들었다면, 지금은 온종일 돌아다니는 것조차 쉽지 않다. 또 하나 눈에 띄게 바뀐 점은 이동하는 날에 쉬어야 한다는 것이다. 도시 간 이동을 하자마자 그곳의 새로운 여행지를 찾아 돌아다녔다면 이제는 이동하는 것 자체가 하나의 일이 되어버렸다.

체력이 아쉽다. 흘러가는 세월이 야속하다. 더욱 야속한 것은, 체력은 두드러지게 나날이 떨어져 가는데 나라는 사람 자체는 크게 달라진 게 없다는 점이다. 서른이면 어른이 될 줄 알았다. 그러나 막상 서른이 되어 보니 어른은커녕 꼬맹이가 따로 없다.

내가 생각했던 서른은 적어도 자리를 잡고 안정적인 삶을 사는 것이었다. 우리 엄마만 봐도 서른에 벌써 애가 둘이었으니. 현실은 아이는 무슨 결혼도 못했다. 언제쯤 내가 꿈꾸던 어른이 될 수 있을까. 아니 진정 어른이 되고 싶긴 한 걸까. 어쩌면 끝까지 어른이 되고 싶지 않은 어른의 욕심일지도 모르겠다.

네 달라요, 그것도 많이요.

여행에서 만난 인도네시아는 너무나도 좋았다. 현지인들의 순박한 미소가 좋았고, 특유의 시골스러운 분위기가 좋았고, 거리를 가득 메운 사테(꼬치) 냄새가 좋았다. 가장 좋아하는 동남아 여행지였기에 인솔자로라도 인도네시아를 다시 찾고 싶었다. 흔히들 인솔자는 여행을 하면서 돈을 번다고 생각하기 때문에 여행을 좋아하는 사람들에게 부러움을 사는 직업이다. 인솔을 하면서 가장 많이 듣던 말은 본인은 이제 일상으로 돌아가는데 나는 여행이 일상이라서 부럽다는 말이었다.

그러나 현실적으로 인솔자라면 여행을 즐길 수는 없다. 패키지여행이 아닌 배낭 자유여행 인솔자였음에도 불구하고 신경

써야 하는 부분이 매우 많았다. 인도네시아의 경우, 대도시를 제외하고는 교통수단이 발달되어 있지 않아 도시 간 이동을 할 때 SUV 차량을 이용하는 것이 일반적이다. 그렇기에 차량 섭외가 다소 힘들다. 소규모 인원이면 크게 문제가 되지 않지만 20명만 넘어가도 다섯 대 이상의 차량을 섭외해야 하고, 분리된 상태에서 인원 체크며 상황 체크를 한다는 게 말처럼 쉬운 일은 아니다.

분실물을 찾기 위해 경찰서에 가는 경우, 고객이 아파서 병원에 가는 경우 등 예상치도 못한 일들이 발생하기 십상이다. 혹여나 비행기가 연착되거나 취소될까 봐 전전긍긍하는 경우도 있고, 예약이 꽉 찬 상황에 방을 바꿔달라는 난감한 경우도 있다. 사실 가장 어려운 부분은 사람들마다 추구하는 방향이 다르다는 점이다. 합의점을 찾기 위해 인솔자로서 리더십을 발휘해야 하는데 쉽지 않은 것이 사실이다.

물론 여가시간에 자유롭게 바다를 가고 석양을 바라보며 평화롭게 하루를 마무리할 수 있는 직업이 몇이나 될까. 여행을 좋아하는 사람에게 인솔자는 분명히 매력적인 직업이 될 수 있지만 최소한 나에게 있어서는 일과 여행은 달랐다.

인솔자의 입장이 되어 보니 현지인들의 순박한 미소를 보기도 전에 가격 협상을 하며 언쟁을 높여야 했고, 느릿느릿 여유롭던 그들의 태도는 답답하게만 느껴졌다. 특유의 시골스러운 분위기에 대한 감흥은 무뎌져갔고, 거리를 가득 메운 사테 냄새도 지겨워져 갔다. 인도네시아가 좋아 시작한 인솔이었지만 인도네시아를 좋아했던 나만의 이유가 변질되어 가고 있었다. 인솔이 여행에 대한 환상을 채울 수는 없었고, 여행은 여행이기에 가장 빛나는 법이었다.

남미
SOUTH AMERICA

뜻이 있겠지

　머나먼 땅 아르헨티나에서 특별한 인연을 다시 만났다. 여행길에서 작별 인사를 한 지 반년 만이었다. 시간이 흐른 만큼 세계여행 중인 친구는 더욱이 배낭여행자의 자태를 뽐냈지만, 한결 더 프리해진 행색만 제외하고는 변한 게 없었다. 어색함은커녕 어제 만난 친구처럼 편안했다. 세계여행자다 보니 절약이 몸에 밴 친구였기에 당연히 대중교통을 타고 숙소로 이동할 줄 알았는데 오랜만의 만남에 대한 배려랄까 웬일로 우버를 타자고 했다.

　배려가 문제였나, 그때부터 일은 꼬여가고 있었다. 오랜만에 친구를 만나 반가운 마음에 신나게 떠들었는데 나만 신난 걸까, 친구는 우버가 너무 돌아간다며 의심하기 시작했다. 우버를 많이 타본 나로서는 어차피 찍힌 금액으로 내는 거라 상관없다고, 처음 우버를 타보냐며 친구에게 장난치면서 여유를 부렸다. 그러나 결론부터 말하면 친구가 옳았다. 우버에서 내릴 때쯤 기사는 알아듣지도 못하는 스페인어로 강하게 말하더니 결국 돈을 더 내라며 협박 아닌 협박을 했다.

하, 우버 사기구나. 살다 살다 우버 사기를 당했구나.

친구는 차분했다. 내려서 차량 번호판을 찍더니 신고를 했다. 솔직히 나 혼자였으면 기분 나쁘지만 그냥 돈 주고 말았을 텐데 역시 대단한 친구다. 친구의 투철한 신고 정신으로 오버페이 된 돈을 돌려받았다. 그러나 현금이 아닌 우버 크레딧으로 입금되는 방식이라 결코 상상도 하지 못했던 우버 사치를 부릴 수 있었다. 의도하지 않았지만, 덕분에 우버를 타고 편하게 여행했다.

왜 하필 나에게 이런 일이?

가끔 세상은 유독 나에게만 무자비해 보인다. 야속하게도 고난과 역경을 연거푸 선물한다. 받고 싶지 않은데 자꾸만 선물을 한다. 돌려주고 싶지만 심지어 돌려받지도 않는다. 그때만큼은 세상에서 내가 제일 힘들고, 그 누구도 나의 아픔을 이해할 수 없다. 밤낮으로 준비한 시험에서 보기 좋게 떨어지기도, 꿈꿔왔던 회사의

최종 면접에서 탈락의 고배를 마시기도 한다. 그 당시에는 하늘이 원망스러울 만큼 화도 나고 마음이 찢어질 만큼 슬프기도 했지만 훗날 더 좋은 길로 나아가고 있는 모습을 발견하곤 했다. 요즘은 긍정적인 결과든, 부정적인 결과든 주어진 결과에는 내가 모르는 뜻이 있을 거라 생각하는 습관을 기르고 있다. 겸허히 받아들이기 쉽지 않지만 의도적으로라도 기르려고 노력중이다.

　뜻이 있겠지.

　짧은 문구에는 커다란 힘이 있었다. 생각한 대로 일이 잘 풀리지 않아도 나를 편안하게 만드는 마법의 한 마디였다. 모든 일은 의도한 대로 되지 않는 법이었다. 그게 좋은 방향이든 나쁜 방향이든. 따라서 좋은 방향으로 흘러가고 있다고 생각한다면 적어도 나의 정신 건강에는 좋았다. 예상치 못한 우버 사기를 당했지만 우버를 마음껏 타보는 사치를 누릴 수 있었던 것처럼 세상은 항상 양면의 동전을 내밀고 있었다.

나는 춤에 크게 관심이 없다. 돈을 들여 발레 학원에 보내준 부모님을 제외하고는 여전히 아무도 믿지 않지만, 어린 시절 발레를 했다. 사실 믿지 않을 만도 한 게 어릴 적부터 발레를 했다기에는 말이 안 될 만큼 몸 자체가 심하게 뻣뻣하다. 뻣뻣한 자태로 춤을 추면 춤동작 하나하나가 어색하고, 자아 성찰은 또 빠른 편이라 나 자신이 몸치임을 안다. 물론 몸치임에도 불구하고 춤추는 걸 좋아하는 사람이 있지만 나는 몸치라서 춤추는 걸 부끄러워한다. 그렇기에 춤을 즐기지 않는 편이며, 춤 공연을 보러 다닌다는 것 역시 나와는 머나먼 이야기다. 그러나 탱고는 달랐다. 아르헨티나에 왔기에 아르헨티나의 전통춤인 탱고만큼은 봐야겠다는 생각이 들었고, 특별한 경험을 기대하며 적당한 가격의 탱고 공연 표를 구매했다.

공연 정보가 너무나 부족한 상태로 표를 구매한 탓일까, 알고 보니 식사와 함께 진행하는 공연이었으며 식사를 하지 않는 관람객은 멀리 떨어진 자리에서 봐야 했다. 심지어 앞에 앉아 있는 관람객들 때문에 시야가 많이 가려졌다. 제대로 보이지도 않고, 시간도 늦고, 애당초 춤 공연에 관심도 없었으니 당연한 결과일지 모르겠지만 시작한 지 10분도 지나지 않은 것 같은데 졸음이 쏟아졌다. 탱고는 눈에 들어오지도 않고 자꾸만 눈꺼풀이 감겼다.

언제 또 탱고 공연을, 그것도 아르헨티나 현지 탱고 공연을 보겠거니 하며 잠을 깨보려고 노력해 봤지만 역시 잠을 참는 것이 세상에서 가장 어렵다. 결국 잠과의 전쟁에서 완패했고, 이제는 잠에서 깨려는 의지조차 없이 꾸벅꾸벅 졸았다. 차라리 숙소에서 편하게 잠을 자는 게 낫겠다 싶었지만 이렇게 탱고 공연을 놓칠 수 없어서 최대한 버티고 또 버텼다. 하지만 공연장에 계속 머무르는 것은 더 이상 무의미했고, 결국 공연 도중에 조용히 빠져나왔다.

차가운 바깥 공기를 마시니 그렇게 돌아오지 않던 정신이 바로 돌아왔다. 드디어 잠이 깼다. 잠에서 깨니 이제야 문득 너무 빨리 나와 버린 게 아닌가 하는 아쉬운 감정이 스쳐 지나갔다.

그러나 돈이 아깝다기보다는 오히려 이렇게나마 탱고를 접해 봤으니 다행이다 싶었다. 아르헨티나는 쉽게 갈 수 있는 곳도 아닌데 탱고도 못 보고 가면 훗날 미련이 생길 수 있으니 말이다.

미련이라, 정말 미련일까?

여행하다 보면 내키지 않지만 여기까지 왔으니 의무감에 무언가를 할 때가 있다. 멕시코 하면 테킬라니 술을 못하면서도 한 모금 마셔보기도 하고, 베트남 하면 쌀국수니 평상시 싫어하는 음식이지만 주문해 보기도 하고, 아르헨티나 하면 탱고니 춤에 관심이 없지만 관람해 보기도 한다. 미련이 생길까 봐 해 본다고 말하지만, 미련은 핑계일 뿐 내가 이것까지 해봤다는 것을 과시하기 위해 채워나가는 욕심은 아니었을까. 결국 미련이라는 단어로 욕심을 포장하고 있던 것일지도 모르겠다. 아르헨티나에서 직접 탱고를 본 적 있다고 한마디 해보고 싶은 어리숙한 나의 욕심.

구체적으로 계획을 짜고 여행 다니는 편이 아니라 역시나 많은 준비 없이 부에노스아이레스(Buenos Aires)로 왔지만 유일하게 알고 있던 정보가 있었다. 부에노스아이레스를 간다고 하니 주변에서 하나같이 소고기가 저렴하고 맛있으니 무조건 많이 먹으라고 일러주었다. 그리고 지금, 나는 부에노스아이레스 하면 소고기, 소고기 하면 부에노스아이레스라는 공식을 증명하러 왔다.

와-

익히 들어 맛있을 줄은 알았는데, 진심으로 맛있었다. 거기에 유튜브를 통해 배운 백종원의 스테이크 레시피가 합쳐지니 환상의 맛을 자랑했다. 스테이크를 굽는 것이 아니라 기름에 약간 튀겨주듯이 요리를 하니 비싼 돈 주고 사 먹는 고급 레스토랑의

스테이크와 견줄 만했다. 그렇게 아르헨티나에 있는 내내 매일같이 스테이크를 먹었고, 가난한 배낭여행자의 행색과 어울리지 않게 두둑이 배에 기름칠을 했다.

그러나 어느 순간부터 스테이크가 기다려지지 않았다. 맨날먹어도 안 질릴 것만 같았는데, 역시 맛있는 음식이라도 매일먹으면 질리는 법이었다. 없을 때는 그렇게 간절했으면서, 막상채워지니 소중함을 모르고 지겨워했다. 사람들이 그토록 익숙함에 속아 소중함을 잃지 말라던데, 매일 먹는 스테이크에 익숙해져서 그와 멀어지게 되었다.

있을 때 잘해, 후회하지 말고.

어떻게 해야 익숙함에 속지 않을까. 익숙함에 속지 않기 위해, 가끔은 거리를 두고 상대방을 바라본다. 한동안 거리를 두고서야 그를 그리워하며 다시금 소중함을 느낀다. 의도적으로노력해야만 권태감을 극복할 수 있다니 참으로 슬프고 안타까운 일이다. 익숙해져도 꾸준히 설렘을 느낄 수만 있다면 얼마나 좋을까. 새로운 것에 설렘을 느끼고 익숙한 것에 지겨움을느끼도록 인간을 만든 신이 야속하지만, 동시에 그렇게 설계한 그의 의도가 궁금하다.

　부족할 때는 낮은 자세로 절실하게 호소하다가 채워지면 거만하게 돌변하는 인간을 향한 신의 분노였을까. 신께 간절히 애원하다가 기도를 들어 주면 본인이 잘나서 해낸 거라며 180도 태도를 바꾸는 오만한 인간들을 바라보면서. 새롭고 낯선 환경에 처하고 나서야 비로소 겸손의 미덕을 되찾는 인간의 어리석음을 한탄하고 있을지도 모른다. 그렇기에 지속적으로 겸손하라는 의미에서, 새로운 환경을 찾아가게끔 자꾸만 색다른 것에 설렘을 느끼게 하는 것은 아니었을까.

빵만 안 사 먹었더라도. 빵의 나비효과다. 빵을 사 먹는 바람에 현금이 부족해져 브라질 이과수행 버스를 왕복이 아닌 편도로밖에 끊지 못했다. 주변 ATM에서 현금을 찾아 왕복으로 끊어도 상관없긴 했지만, 솔직히 귀찮았다. 얼마나 다이나믹한 상황이 벌어질지는 상상도 못한 채.

문제는 여유롭게 폭포를 구경하고 돌아오는 길에 생겼다. 고작 오후 5시였는데 아르헨티나행 버스가 보이지 않는 것이다. 사실 최악의 경우 튼튼한 두 다리로 걸어가면 됐다. 물론 다음 날이 돼서야 도착했겠지만. 그러나 아르헨티나에 맡겨 놓은 빨래가 문제였다. 빨래방은 저녁 8시가 되면 문을 닫고, 다음 날 우리는 살타(Salta)행 비행기를 타야 했다. 살타행 비행기는 아침 7시, 한마디로 저녁 8시까지 빨래를 찾지 못하면 둘 중 하나는 포기해야 하는 상황이었다. 소량의 빨래였다면 고민하지 않았겠지만 아르헨티나에 오고 처음으로 맡긴 빨래, 즉 입고 있는 옷을 제외하고 모두 맡긴 상황이라서 당황스럽기 그지없었다.

지금은 오후 5시. 우리에게 남은 시간은 단 3시간. 아르헨티나 입국심사를 감안하면 적어도 여기서 오후 6시 반에는 출발해야 한다. 한 시간 반이나 남은 상황이기에 아직까지는 괜찮다.

30분이 흘렀다. 여전히 버스는 올 생각을 안 했다. 주변 사람들에게도 물어봤지만 영어가 아예 통하지 않았다. 느낌적인 느낌으로 버스가 올 거라 짐작하고 다시 하염없이 기다렸다.

6시다. 슬슬 불안감이 엄습하였다. 버스가 있긴 한 걸까? 벌써 한 시간이나 지났는데 없는 걸 보면 버스가 끝난 게 아닐까? 친구가 대안을 마련하기 시작했다. 우버로 우선 국경까지 가자는 것이었다. 이과수 아르헨티나 지역에서는 우버가 불가능했지만 불행 중 다행으로 여기 브라질 지역에서는 가능했다. 국경까지 어떻게든 넘어가서 거기서 다른 방법을 찾아보자며 30분이 되면 바로 우버를 부른다고 했다.

걷다 보면 어른이 되어 있겠지

6시 30분이다. 버스는 오지 않았고, 결국 우버 어플을 켰다. 그런데 정말 신은 있는 걸까? 그렇게 안 오던 버스가 드디어 왔다. 그것도 우버 결제수단으로 카드를 등록하려던 그 찰나의 순간에. 가격도 모르고 무작정 탔다. 맙소사 또 돈이 부족했다. 이 버스가 마지막 희망이라는 것을 알기에 버스 기사에게 동전까지 탈탈 털어서 갖고 있는 현금을 모조리 보여주었다. 간절함이 통했는지 다행히 타라고 했다.

7시다. 국경에 도착했다. 입국 도장을 받기 위해 줄을 섰다. 이제는 문제가 없을 줄 알았는데 또다시 난관에 봉착했다. 줄이 어마어마했다. 심지어 사람들 손에 쥐어져 있는 수십 개의 여권. 하필 이 타이밍에 단체 고객이라니. 게다가 직원도 고작 두 명뿐이라니. 또다시 초조해지기 시작했다.

7시 45분. 입국 심사를 마치고 버스에 타니 남은 시간은 고작 15분이었다. 지도상으로는 멀지 않았지만 또다시 변수가 발생했다. 교통 체증. 퇴근 시간이라 그런가, 너무 막혔다. 내 마음도 막혀왔다. 그러나 다행히도, 빼곡히 막혀 있는 승용차들을 가로질러 버스 전용도로로 달리기 시작했다. 아뿔싸, 이미 너무 늦은 걸까. 도착 정류장까지 가면 8시 안에 빨래방에 도착하지 못할 것 같았다. 양해를 구하고 도중에 내렸다. 그놈의 현금은 오늘따라 왜 이렇게 부족해서 말썽인지, 친구는 ATM에서 돈을 뽑고 온다며 먼저 가서 빨래를 받고 있으라고 했다. 그렇게 열심히 달린 적은 처음이다. 미친 듯이 앞만 보고 달렸다.

7시 59분. 다행히 빨래방 문이 열려 있었다. 저 멀리 보이는 내 빨래 짐을 보니 비로소 마음이 놓였다. 다리에도 힘이 풀렸다. 그대로 바닥에 주저앉았다. 친구가 도착했다. 서둘러 계산을 하고, 안도의 한숨과 함께 숙소로 돌아갔다. 돌아가는 발걸음이 너무나도 가벼웠다. 친구의 얼굴에도 이제야 미소가 번졌다.

한 치 앞을 예상하지 못하기에 누구는 여행이 어렵다고, 반대로 누구는 여행이 재밌다고 한다. 1분이라는 간발의 차이로 겨우 빨래를 되찾아온 상황이 불안하지 않았다면 거짓말이겠지만, 그래도 나는 여행이 즐겁다. 답을 모르기에 여행이 재밌다. 답이 정해진 반복되는 일상과 달리 여행이 가져다주는 다양한 변수들은 지루한 삶에 새로운 활력을 심어다 주었다. 물론 좋은 변수들만 존재하는 것은 아니지만, 예상한 대로 여행이 흘러가지 않는 것은 더욱 극적인 해피엔딩을 선물하기 위한 여행의 큰 그림이라고 생각한다면 그것도 나름의 타당한 이유가 될 것 같다.

고질병이라서 고산병

새벽부터 버스를 타고 아르헨티나 살타(Salta)에서 칠레로 넘어갔다. 얼마나 왔을까 친구가 갑자기 멀미 증세를 호소했다. 한숨 자면 괜찮아질 거라며 힘들게 잠을 청해 보지만 이마저도 쉽지 않아 보였다. 다행히 칠레 입국심사를 위해 버스에서 내려 잠시 휴식을 취할 시간이 주어졌다.

"멀미가 아닌가? 체한 거 같은 느낌이야."

친구의 손을 따주기 위해 바늘을 찾았다. 웬만한 한의사만큼 나도 손은 잘 따는데 믿음이 안 가는지 친구가 선뜻 손을 건네주지 않았다. 화장실을 다녀온 친구가 버스에 타려고 뛰기 시작했는데 저 멀리서 현지인이 큰 소리로 외쳤다.

"뛰면 안 돼. 고산이라서 위험해!"

갑자기 수수께끼가 풀리는 기분이었다. 친구의 증상은 전부 고산병을 향해 있었는데, 전혀 눈치채지 못했다. 우리나라는 고도가 낮다 보니 히말라야처럼 높은 산을 등반할 때나 고산병이 생긴다는 편견에 사로잡혀 있던 것이다. 여행사에서 고산지역을 담당했기에 고산병에 대해서는 나름 잘 안다고 자부했는데, 처음부터 당했다. 역시 이론만 공부한다고 될 게 아니었다. 사람은 실전에 강해야 했다.

고산병은 남녀노소 불문하고 본인의 체질에 따라 증상의 유무가 나타난다. 아무리 체력이 좋다고 자부하는 사람도 고산병 앞에서는 한없이 작아질 수 있고, 아무리 체력이 약하다고 걱정하는 사람도 고산병 앞에서만큼은 강해질 수 있다. 따라서 고산 지역을 직접 경험하기 전까지는 판단이 불가능하므로 늘 조심하는 자세가 중요하다. 게다가 고산병은 무리하게 강행하면 목숨까지 앗아갈 수 있기에 포기할 줄 아는 여행도 필요하다.

포기할 줄 아는 여행이라, 나를 향한 메시지일 거라고는 결코 생각지도 못했는데, 나의 앞날이 될 줄이야. 친구가 오늘만 아프고 말겠지 싶었지만, 고산병은 고질병이라서 고산병이었다.
그리고 살며시 친구가 고백했다.

"인선아, 나 히말라야에서도 고산병 걸렸어."

달의 계곡을 구경하는 방법은 크게 두 가지다. 자전거를 렌트해서 자유롭게 돌아다니기, 여행사를 이용하여 투어 차량으로 구경하기. 비용적인 면에서는 큰 차이가 없지만, 자유로운 여행을 선호했기에 고민의 여지없이 자전거를 선택했다. 힘들다는 정보를 사전에 듣긴 했지만, 얼마나 힘들겠냐며 알 수 없는 자신감을 보였다. 물과 간식을 챙긴 후 패기 넘치게 출발했고, 얼마 지나지 않아 달의 계곡이라고 쓰여 있는 어딘가에 도착했다.

뭐야, 벌써 달의 계곡이야? 왜 힘들다는 거지?

이해할 수 없다는 듯이 허세 아닌 허세를 부렸다. 그러나 그 허세는 오래가지 못했다. 달의 계곡 매표소였기 때문이다. 한마디로 이제부터가 시작이라는 뜻이었다. 웬걸, 도로 사정부터 달

걷다 보면 어른이 되어 있겠지

라졌다. 울퉁불퉁한 길은 기본에 오르막길도 끊임없이 나왔다. 인내의 시간 끝에 드디어 달의 계곡 첫 번째 장소에 도착했다. 아름다운 장소인 것은 분명했다. 그러나 이미 모든 체력을 소진해서 사진 찍을 기력조차 없었고, 결국 첫 번째 장소만 보고 돌아올 수밖에 없었다. 달의 계곡은 석양으로 유명한데, 못 보고 되돌아온 것에 대한 후회는 전혀 없었다. 그전에 내 엉덩이가 남아나질 않았을 테니까.

후회보다는 투어가 아닌 자전거를 선택한 나 자신에 대한 원망이 컸다. 엉덩이가 너무 아파 땡볕에 힘들게 자전거를 끌고 가는데, 줄지어 만나는 투어 차량을 보고 회의감이 밀려왔다. 날 앞질러 가는 버스의 뒷모습이 어찌나 얄밉던지. 하긴 버스가 무슨 잘못이겠니. 잘못된 선택을 한 내 잘못이지. 문득 동생이 했던 말이 생각났다. 동생과 함께 종종 여행을 다니곤 했는데, 유독 사서 고생하는 여행을 좋아하는 나에게 더 이상 못 참겠다며 내뱉은 말이다.

"누나, 한국인들 없고 서양인들만 있는 여행지는 너무 힘들어. 그만하자 우리."

달의 계곡을 향해 달리는 초입 부분부터 온통 서양인들만 자전거를 타고 있다는 것을 빠르게 눈치챘어야 했다. 이국적인 사막 풍경을 보며 신나게 쌩쌩 달리느라 자전거를 탄 한국인이 없다는 것을 눈치채지 못한 결과가 이렇게 가혹하다니. 조금이라도 나을 거라는 희망으로 판초를 의자에 깔고 탔지만, 그 두꺼운 판초도 울퉁불퉁한 사막 길의 충격을 흡수하지 못했다. 다음 날 멍든 엉덩이가 보란 듯이 증명해 주었으니까.

    나는 요리를 못한다. 아니 안 한다는 표현이 맞겠다. 요리를 즐겨 하지 않는 엄마 밑에서 자라 요리와는 거리가 멀다. 해외 생활을 꽤나 했던 나였지만 스스로 요리를 할 기회는 많지 않았다. 캠핑 때를 제외하고는 나서서 요리해 본 적이 없다. 하지만 남미 여행에서는 달랐다. 외국에서도 한식을 포기할 수는 없어 이번에는 간단한 한식 재료를 챙겨갔다.

    남미에서 가장 많이 해먹었던 음식은 카레다. 물론 카레가 100% 한식이라고 말하기엔 무리가 있지만, 특유의 향이 진한 현지식에 비하면 나에게 카레는 한식이다. 사실 이전에 카레를 요리해 본 적은 단 한 번도 없었다. 그럼에도 불구하고 카레를 챙긴 이유는 단 하나. 분말 가루라서 부피를 작게 차지하기 때문이었다. 카레를 요리하고 나서야 알았는데, 카레에 필요한 재료들은 어디에서나 쉽게 구할 수 있기에 외국에서 카레 요리는 적격이었다.

사람의 취향마다 다르겠지만 나에게 카레는 감자와 양파가 필수다. 물론 고기가 들어가면 더 맛있겠지만 주머니 사정이 좋지 않을 때는 생략된다. 당근이 있으면 카레다운 비주얼을 완성하는 데 도움이 되지만 당근을 좋아하는 편은 아니라서 크게 상관없다. 비주얼을 포기한다면 카레에 감자와 양파만 있으면 된다고 보고, 고기 대신 감자라도 두둑이 사야겠다는 생각으로 감자를 잔뜩 골랐다. 그리고 이제 요리를 시작하려는데 시작부터 난관에 부딪혔다. 흙으로 덮어진 감자를 물로 깨끗이 씻어내니 갈색이 아닌 자주색의 자태를 뽐냈다. 내가 알던 감자 색깔이 아니었다.

설마 고구마라고?

내가 아는 고구마는 절대 이런 모양이 아닌데, 두 눈으로 자주색을 보고도 고구마가 아닐 거라고 부정했다. 급기야 칠레의 감자는 자주색일 거라며 주문을 걸었다. 껍질을 벗기고 칼로 자르고 나니, 점점 감자가 아니라 고구마라는 확신이 들었다. 누가 보아도 고구마였다. 헷갈릴 게 따로 있지 감자랑 고구마랑 헷갈리

다니, 어이가 없어서 웃음이 절로 났다. 결국 고구마 카레를 만들기 시작했다. 고구마로 카레를 요리하는 이 상황도 황당한데, 감자 대신 고구마로 만들어진 카레가 생각보다 괜찮아서 나를 더욱 황당케 했다. 그렇게 칠레에서의 첫 번째 카레는 끝이 났다. 그리고 고구마 카레는 카레 달인의 시초가 된 계기가 되었다.

이제 어떠한 재료로도 카레를 만들 수 있겠다는 자신감이 생겼다. 나름의 근거 있는 자신감과 함께 남은 카레 분말로 숱하게 카레를 해먹었다. 카레를 한 번도 해본 적 없던 내가 카레만큼은 자신이 생겼다. 한국에 돌아와서 엄마한테도 선보였는데 맛있다고 칭찬을 받았다. 감자가 아닌 고구마임을 알고 시작조차 안 했다면 어쩌면 난 평생 동안 카레를 만들지 않았을지도 모른다. 뭐가 되든 우선 저지르고 보는 성격이 이번에는 도움이 된 셈이다.

어른들은 아이들을 향해 도전하라고 말하지만, 막상 그들은 도전하는 법을 잊어간다. 도전을 포기하는 것은 어른이 되어가는 과정이라며 합리화하지만 그저 세상과 타협하며 현실에 안주하는 어른에 불과할 뿐이다. 물론 어른이 되면 이성적 판단과 다양한 경험을 토대로 도전에 대해 보다 객관적으로 바라볼 수 있다. 그렇기에 도전을 향한 성공의 희망보다는 실패에 따른 두

려움이 커서 쉽게 도전하기가 어렵다.

그러나 실패하면 어쩌지가 아닌 실패해도 괜찮다는 생각으로 시도라도 해본다면 어떨까. 적어도 후회는 줄어들지 않을까. 안 해보고 후회하는 것은 아무것도 남는 것이 없지만 하고 후회하는 것은 최소한 해봤다는 경험은 남기에.

라파즈(Lapaz)는 잠시 경유하는 도시였지만 나에게는 소소한 계획이 있었다. 해발 고도 3,600m를 자랑하는, 세상에서 가장 높은 도시인 라파즈는 케이블카와 야경으로 유명하다. 케이블카를 타고 야경을 보고 싶었는데 내 마음도 몰라주고 친구는 잠만 잤다. 라파즈로 야간 버스를 타고 넘어왔는데 SNS를 하느라 잠을 안 잘 때부터 알아봤다. 쿨쿨 자는 친구를 보니 마음 같으면 그만 좀 자라고 이불이라도 뺏고 싶었지만, 오죽하면 저렇게 잘까 싶어 꾹 참았다. 친구는 늦은 저녁이 돼서야, 배고파하는 나를 보고 잠시 놓아두었던 눈치를 챙겼다. 역시 맛있는 걸 먹으니 노여움이 스르르 풀렸다.

친구야, 피자에게 감사해.

흔히들 누구와 함께 여행하느냐에 따라 여행이 달라진다고 한다. 이미 다녀온 여행지여도 다른 사람과 가면 새로운 느낌을 받는다. 그렇기에 여행에 있어 함께하는 사람은 매우 중요한데, 그만큼 서로에게 배려할 부분도 많다. 사람마다 중요시하는 부분이 너무나도 다르기 때문이다.

비행기에서부터 직항파와 경유파로 나뉜다. 숙소 역시 잠만큼은 편안하고 안락하게 자야 하는 호텔 파, 잠만 자면 되는 게스트 하우스 파로 나뉜다. 음식도 현지 맛집만 찾아다니는 파, 발길 이끄는 대로 아무 식당에 가는 파, 여행에서 음식은 사치라며 대충 배만 채우는 파 등 다양하게 나뉜다. 여기서 끝이 아니다.

액티비티를 좋아하는 사람, 유적지나 미술관 등 감상하는 것을 좋아하는 사람, 예쁜 카페에서 커피를 마시며 오순도순 이야기하는 것을 좋아하는 사람 등 사람들의 취향은 매우 다양하다. 그렇기에 모든 것이 딱 맞는 사람이 어디 있겠나. 커플끼리 여행 가도 싸우고 찢어지는 판국에, 친구 하물며 우연히 만난 동행과는 오죽할까.

그러나 행복하려고 여행을 온 건데, 행복하게 여행을 하고 돌

아가야지. 결국 필요한 것은 서로 간의 배려와 조율이다. 더 나아가 객관적으로 생각하는 자세가 필요하다. 친구가 잠만 자는 바람에 라파즈에서 시간을 버렸다고 생각할 수 있지만, 사실 평계이다. 정말 원했다면 자는 친구를 놔두고 혼자라도 갔을 테니까. 남 탓으로 돌리기 전에 본인 스스로 객관화하는 자세만 있다면 그 누구와 여행해도 문제없을 것이다.

여행은 정말 이상하다. 일상에서 했던 사소한 것들이 여행 중에는 특별해진다. 거기에 소중한 사람들과 함께 하는 여행이라니, 그들이 더욱 그 의미를 채워준다. 무엇보다 평생 추억거리를 만들어주는 것이 여행의 가장 큰 선물이다. 몇 년이 지나도, 똑같은 얘기를 지겹도록 해도, 재밌는 게 그때의 우리니까. 여행을 함께 했던 우리만이 공유할 수 있는 특별한 추억이기에 더욱더 소중하다고 느낀다. 이 세상에 둘도 없는 아름다운 추억을 선사해 준 그들에게 고마움을 전하고 싶다.

나와 함께해 줘서 고마워.
그리고 함께라서 행복해.

남는 건 사진이지.

여행을 오면 쉴 새 없이 사진을 찍는다. 가끔은 여행을 온 건지, 사진을 찍으러 온 건지 혼란을 느낄 만큼 사진을 많이 남기는데, 불쑥 회의감이 들 때도 있다. 사진을 찍느라 정작 아름다운 전경을 눈에 담지 못하는 건 아닐까, 굳이 사진을 안 찍어도 인터넷으로 쉽게 찾아볼 수 있는데 눈에 담는 것이 더 중요한 게 아닐까. 사진 남기기와 눈으로 담기라는 두 개의 상반되는 가치가 충돌하면서 고민에 빠지지만 그래도 결국은 사진 남기는 것을 선택한다.

우유니 사막에서도 마찬가지였다. 서서히 해가 질 무렵, 눈 앞에 펼쳐진 그림 같은 우유니의 석양을 보고 감탄을 금치 못했다.

놓칠세라 폴짝폴짝 물 위에서 뛰어다니며 사진을 찍었다. 별을 많이 볼 수 없는 날씨라고 했지만 그래도 우유니는 우유니였다. 깜깜한 밤하늘은 반짝거리는 별로 가득 찼고, 별빛은 우수수 쏟아졌다. 사진을 남기고 싶었지만 안타깝게도 별 사진을 담을 만큼 좋은 성능의 카메라가 없었다. 아쉬운 마음을 달래며 눈으로 열심히 별을 담았고, 쏟아지는 별빛 아래서 원 없이 별을 봤다. 역시나 별은 봐도 봐도 질리지 않았다. 어쩌면 오로지 눈으로만 감상할 수 있어서 더욱 농도 짙게 감상했던 것일지도 모르겠다.

발이 잘려나가는 느낌이 들 정도로 추워졌다. 물 위에서 뛰어다니다가 장화 속으로 스며든 물은 두 발을 꽁꽁 얼리고 있었다. 이제 아름다운 별이고 뭐고 숙소로 돌아가고 싶었다. 하지만 야속하게도 투어 일행들은 별과 함께 사진을 찍느라 도무지 돌아갈 생각을 안 했다. 언제 돌아가냐며 슬슬 친구에게 불평이 시작됐다. 하염없이 차 안에서 기다리고 있는데, 일행 한 명이 들어와 별 사진을 충분히 다 찍었는지 물어보았다. 카메라가 없어서 찍지도 못했다고 대답하자 마음씨 넓은 그녀는 우유니까지 와서 별 사진이 없으면 되겠냐며 찍어 줄까 하고 물었다.

불과 몇 분 전만 해도 집에 가자고 찡찡대던 내가 일말의 고민도 없이 바로, 고맙다는 인사와 함께 잽싸게 뛰어나갔다. 차 안에 덩그러니 남겨진 친구는 어이없어했다. 어쩔 수 없다. 사람은 역시 간사한 존재다. 별과 함께 사진을 남기고 나니 이제야 친구가 생각났다.

"너도 하나 찍어."

친구는 끝까지 안 찍겠다고 고집을 부렸다. 별 사진 찍을 기회가 어디 흔한가. 내키지 않아 하는 친구를 차 밖으로 끌고 나와 사진을 찍게 했다. 그리고 며칠 후 내 눈을 의심할 상황이 벌어졌다. 카메라 배터리의 문제였는지 정확하게는 알 수 없지만, 내 사진만 하늘 위로 증발해버린 것이다. 그렇게 찍기 싫다던 친구의 사진만 남고, 막상 신나게 별 사진을 찍던 나는 사진이 어떻게 나왔는지 구경조차 하지 못했다. 심지어 친구는 별과 함께 찍은 사진이 꽤나 마음에 드는 모양인지 자랑을 했다. 별 사진을 찍겠냐는 제안에 승낙한 것도, 친구한테 찍으라고 추천한 것도 전부 나였는데 허탈함만 남았다. 그렇게 우유니의 별은 내 머릿속에만 남게 되었다.

여행을 할 때 사진에 너무 집착하지 말라는 하늘의 뜻이었을

까. 흔히 말하는 인생샷을 건지기 위해 마음에 들 때까지 숱하게 사진을 찍어대던 내 모습이 주마등처럼 흘러갔다. 정작 눈앞에 펼쳐진 아름다운 전경을 감상하는 것이 아니라, 그 전경에서 잘 나온 내 사진을 감상하고 있었다. 물론 인생샷을 위한 여행이 나쁘다고 말할 순 없지만, 적어도 나는 사진에 대한 욕심을 조금씩이나마 내려놓는 연습을 해야겠다.

일상이 되기는 싫어

세상에서 가장 높은 호수인 티티카카 호수를 볼 수 있는 코파카바나(Copacabana)에서의 여유로움은 달콤했다. 티티카카 호수는 페루와 볼리비아의 국경을 맞대고 있을 만큼 거대하다. 흔히들 바다라고 착각하기 쉬울 정도로 엄청난 규모를 자랑하는데, 전망대에서 호수를 내려 보고 있으니 마음의 평화가 찾아왔다.

코파카바나에 의도치 않게 예상보다 오래 머무르게 되었다. 길어야 이틀이면 충분할 것 같은 여기서 뭘 하고 지내야 할지 잠시 생각에 빠졌지만 그 생각은 오래가지 않았다. 어느덧 마을에 녹아들어 일상처럼 평범하게 지내고 있었다.

그러나 이상하리만큼 여기서의 일상은 지루하지 않았다. 같은 것을 보고, 같은 곳을 걷고, 같은 음식을 먹는 반복적인 일상

이어도 여행이었기에 여행 자체에서 가져다주는 신선함이었을지도 모른다. 여행이 일상이 되고 싶다는 사람들이 많지만 이제는 더 이상 공감하지 않는다. 나 역시 여행이 좋아 항공사에 입사했고, 여행 인솔자까지 할 만큼 그 누구보다 여행을 일상으로 삼고 싶었다. 하지만 막상 그렇게 살다 보니 여행만의 재미를 잃어버렸다. 여행이 일상이 되니 원래는 재미있어야 할 여행이 지겨워지기 시작했다. 따분한 일상에서 벗어나 잠시나마 일탈을 꿈꿀 수 있는 기회인데 일상과 별 차이가 없다면 무슨 의미가 있겠는가. 여행의 소중함이 사라져버렸다. 일상이 존재하기에 여행은 특별하게 비쳤고, 여행 떠날 날만을 손꼽아 기다리며 희망을 품고 살아갈 수 있었다.

여행이 일상이었으면 좋겠다는 말은 어쩌면 현실은 그럴 수 없기에 하는 말일지도 모르겠다. 우리들은 갖고 있지 않은 무언가에 대해 커다란 환상을 품고 살아가니까. 그러나 주어진 현실에 감사하며 여행이 가져다주는 행복을 온전히 누리며 살아간다면 어떨까. 여행이 일상과 다른 사람에게만 주어진 특권이라고 생각하면서.

넘어가고 싶다. 쿠스코(Cusco)로. 하지만 넘어가지 못한다.

스페인어로 설명하는 버스 직원들의 말을 제대로 이해하지는 못했지만, 현재 쿠스코로 갈 수 없다는 의미는 분명했다. strike 라는 단어 하나로 추측하자면 페루 버스 파업 때문인 듯했다. 원래라면 있어야 하는 쿠스코 직행 버스는 아예 존재하지도 않았고 그나마 볼리비아를 탈출할 수 있는 방법은 코파카바나에서 푸노(Puno)로 가는 버스를 타는 것이었다. 그러나 이조차도 분명하지 않았다.

7월 25일 아침 일찍부터 푸노행 버스가 있는지 확인하러 여행사 주변을 서성였다. 아직까지 하늘은 우리 편이었는지 다행히 있었다. 그것도 무려 2개의 시간대나. 버스 회사가 달랐는데 하나는 13시 버스에 가격은 한 사람당 30볼(한화 약 5,000원)이었고 나머지 하나는 13시 30분 출발에 10볼 더 비쌌다. 시간도 이르고, 가격도 저렴하니 13시 버스를 선택하는 건 당연했다. 남은 시간은 약 3시간. 여분의 볼리비아 돈을 쓰기 위해 쇼핑을 하러 갔다. 다가올 미래는 상상도 못한 채.

오후 1시가 다가오고 버스를 타러 여행사 앞으로 향했다. 그러나 웬걸 태연하게 버스가 없어졌다고 환불을 해줬다. 이제 와서 어떡하라고 이런 무책임한 행동을 하는 것일까. 화를 낼 겨를도 없이 당장 13시 30분 출발 버스의 빈자리가 있나 하고 뛰어갔지만, 역시나 우리만 볼리비아에 갇혀 있는 게 아니었다. 매진이었다.

노쇼가 발생하기만을 기도하고 또 기도했다. 죽으라는 법은 없는지 운 좋게도 두 자리가 나왔다. 하지만 문제가 또 발생했다. 20볼의 돈이 없었다. 기존 버스와의 차액금. 겨우 3천 원쯤 하는 돈인데 그게 없어서 나 원 참. 카드도 안 된다고 하고, 있는 건 달러뿐인데 수수료 때문에 소량의 돈을 바꾸기는 애매했다. 우리에게 주어진 시간은 겨우 10분 정도였고 몸도 마음도 바빠지기 시작했다. 결국 커다란 환전 수수료 손해를 보고 우여곡절 끝에 탑승했다.

애초에 해당 버스를 선택했으면 이런 고생을 할 필요가 없었을 텐데. 태평하게 사라졌다고 환불해 주며 원래 이런 일이 비일비재한 듯이 아무렇지도 않아 하는 직원의 모습에 이게 바로 남미인가 싶었다. 그래도 볼리비아를 떠나긴 떠나는구나, 안도의 한숨을 쉬었지만 안타깝게도 그 한숨은 얼마 가지 못했다.

출국 심사를 하는 동안 문제가 생겼음을 인지했다. 우리에게는 볼리비아 입국 도장이 없었기 때문이다. 하지만 절대적으로 우리의 문제가 아니었다. 칠레에서 볼리비아로 육로 이동 시 입국 도장을 찍어주지 않았다. 왜 찍어주지 않는지 물어 보았지만 직원은 우유니에서 받으라며 반강제로 통과시켰다. 이상하긴 했지만 크게 의심을 품을 이유가 없었다. 시키는 대로만 했을 뿐인데 졸지에 밀입국자가 되었고 벌금을 물게 생겼다. 가뜩이나 버스 탈 돈이 없어서 이미 소량의 달러를 환전했는데, 또다시 볼리비아 돈이 부족한 상황이라니. 역시나 카드도 안 된다고 하고, 달러로 지불할 경우 원래 벌금보다 터무니없이 비싼 금액으로 지불하라 했다.

아무리 생각해도 불합리했고, 결국 화를 냈다. 이길 수 없는 싸움이라는 것은 알았지만 최소한 나의 억울한 심정을 표현하고 싶었고, 더 이상 불합리하게 여행자들의 돈을 뜯어내지 않기를 바라는 마음이었다. 친구는 여행하면서 내가 이렇게 화내는 모습을 처음 본다고 말했다. 단순히 밀입국 때문에 벌금을 낸 이 상황에 대해서만 화가 난 건 아니었다. 아침부터 소리 소문 없이 버스가 사라졌고, 이에 대한 직원의 태도도 너무 무책임했다. 무엇보다 여행자들을 돈 뜯어내는 호구로 보는 듯한 출입국 관리소 직원이 못마땅했다. 모든 것이 쌓이고 쌓여 화가 났다.

　여행자가 무슨 힘이 있겠는가, 벌금을 내고 꾸역꾸역 푸노로 넘어갔다. 도착하자마자 버스 터미널에서 쿠스코로 넘어가는 버스가 있는지 알아봤는데 역시나 없었다. 쿠스코를 가는 게 이리 어려웠던 것인가. 몸도 마음도 지쳐 숙소로 들어갔다.

　"내일 일은 내일 걱정하자."

　다음 날 혹시나 버스가 있나 싶어 아침 일찍 터미널로 향했다. 웬걸, 8시 반 버스가 있었다. 짐을 안 들고 온 상태였는데 남은 시간은 고작 20여 분이었다. 버스 터미널에서 숙소까지 툭

툭이 타고 왕복 20분. 불가능한 시간은 아니었지만 그렇다고 가능한 시간도 아니었다. 결국 친구가 짐을 들고 오고, 내가 버스를 맡기로 했다. 아는 스페인어를 총동원해서 버스 기사에게 양해를 구했다.

"amigo, un momento por favor."
"친구, 잠시만 기다려주세요."

멀리서 커다란 배낭 두 개를 어떻게든 들고 오는 친구의 모습을 보니 마음이 찡했다. 기다리면서 사놓은 빵 몇 개를 보고 미소를 띠는 친구의 모습은 내 마음을 더 아프게 했다. 우리는 안쓰러울 만큼 그렇게 다사다난하게 쿠스코로 넘어갔다.

하루라는 짧은 시간 동안 가혹할 만큼 다양한 변수를 만났다. 이것이 여행의 묘미이다. 여행을 하다 보면 예상치도 못한 수많은 변수를 만나게 되는데, 더욱 놀라운 건 생각지도 못한 방법으로 어찌어찌 해결해 나아간다는 것이다. 사람은 생각보다 위대해서 결국 어떻게든 문제를 해결하더라. 사람들이 여행을 많이 다니라고 하는 의도가 여기에 숨겨진 것은 아닐까. 돈 주고도 배울 수 없는 위기 대처능력을 스스로 깨쳐 나갈 수 있으니까.

그러나 이번만큼은 그들이 말하는 여행의 의도를 파악하고 싶지 않았다. 감당하기에 너무나도 혹독했다. 차근차근 파악해도 괜찮을 것 같은데, 뭐가 그리 급하다고 이렇게 한꺼번에 많은 시련을 주는 걸까. 극한의 상황에서 본연의 모습을 바라볼 수 있다는데, 7월 25일이 나에게 그런 날이었다. 나는 일하면서 숱한 컴플레인에 치여 컴플레인이라면 여전히 치가 떨린다. 그래서 가급적 컴플레인을 하지 않으려고 한다. 사소한 컴플레인이라도 상대방에게 얼마나 커다란 스트레스로 다가가는지 그 누구보다도 잘 알기에. 하지만 이번에는 너무 많은 변수들이 동시다발적으로 발생해 예민함이 극에 달했나 보다. 친구에게 처음으로 누군가와 싸우는 모습을 보여줬다. 친구에게는 숨겨진 나의 민낯이었을 것이다. 부당한 일에 맞서 의견을 표출한 것이지만, 실없이 늘 웃고 다닌 나에게 적지 않은 충격을 받았을 테다.

　여행은 참 솔직하다. 보여주고 싶지 않아도 결국 나의 모습을 그대로 보여주게 된다. 여행은 나를 드러내 주는 가장 솔직하면서도 나를 돌이켜볼 수 있는 가장 꾸밈없는 수단이었다.

　형형색색의 판초를 입고, 양 갈래로 땋은 머리에 머리띠까지
얹은 한 여자아이가 마추픽추를 서성거렸다. 세상의 모든 관심
을 독차지하는 것은 시간문제였다. 페루에서 그것도 조그마한
동양인이 멋을 한껏 부린 모습이 귀여웠던 모양이다. 현지인들
이 잇따라 말을 걸기 시작했다. 경복궁에서 한복을 곱게 차려입
은 외국인을 보는 모습이라 생각하니 나를 향한 그들의 관심이
이해가 갔다. 거지꼴만 면하자는 생각으로 남미 여행을 다닌 내
가 이렇게 멋을 부린 이유는 페루의 심장인 마추픽추에서만큼
은 특별하고 인상 깊은 사진을 남기고 싶어서였다.

　그러나 생각보다 너무 많은 관심을 받다 보니 몸 둘 바를 모르
겠다. 눈 앞에 펼쳐진 마추픽추를 담기도 전에, 사진을 부탁하는
현지인이 끊이지 않았다. 저 멀리서 달려와 사진을 요구하는 현

지인들의 열정을 차마 모른 척할 수 없었다. 더욱이 나쁜 관심이 아닌 긍정의 관심인데, 거절한다는 것 자체가 우스웠다. 내가 뭐라도 되는 것마냥 비싸게 구는 것도 웃기고. 관심이 싫었으면 애초부터 이렇게 준비하고 오면 안 됐다. 알파카 인형까지 들고 와놓고 관심을 주지 말라는 것은 애당초 말이 안 된 욕심이었다.

행동거지를 똑바로 하자. 외국에서는 더더욱.

의도적으로라도 지키려는 철칙이다. 나라는 작은 존재가 한국 이미지에 미치는 영향력은 결코 작지 않았다. 아무리 세계화 시대가 도래되었다고 한들, 여전히 한국에 대한 정보가 부족한 외국인이 있을 수 있고, 개개인의 외국인이 직접적으로 한국인을 접할 기회도 흔치 않을 수 있다. 물론 요즘은 한류 열풍인 데다가 자랑스러운 BTS가 한국의 위상을 많이 올려놓은 것은 사실인데, 그럼에도 불구하고 한류에 관심 없는 사람이라면 나의 사소한 행동 하나하나를 한국이라는 이미지와 일대일 대응시킬 수 있다.

실제로 나는 우루과이에 대한 이미지가 좋지 않다. 나에게 우루과이는 그저 수아레스라는 축구 선수의 나라 정도로만 알고 있었지 그 이상 그 이하도 아니었다. 문제는 베트남 하롱베이 (Ha Long Bay)를 가는 길에 발생했다. 버스 안에서 검은색 긴 머리에 부리부리한 눈이 인상적인 여자를 만났다. 그녀는 내 앞자리에 앉더니 얼마 지나지 않아 그녀의 얼굴이 보일 만큼 의자를 뒤로 젖혀버렸다. 아무런 양해도 없이, 설령 양해를 구한다고 해도 양심상 그 정도까지 젖히면 안 되지. 도저히 이해할 수 없는 행동이었다. 너무 황당했지만, 예의를 갖춰 의자를 올려달라고 부탁했다. 그러나 그녀에게서 돌아오는 것은 다름 아닌 화였다.

"졸려서 자고 싶으니까 방해하지 마. 신경 꺼."
"내 마음대로 하지도 못해? 그럼 너도 뒤로 젖혀!"

이 상황에서 화라니? 분명 화는 내가 내야 하는 상황인데, 예기치 못한 공격에 어안이 벙벙해지기 시작했다. 억지 부리지 말고 당장 올리라고 말했지만 도저히 말이 통하지 않는 사람이었다.

도대체 어느 나라 사람이야?

그녀의 국적이 궁금해졌다. 우루과이 사람이었다. 그리고 우루과이 국민성은 최악이라는 편협한 생각이 박혀버렸다. 오로지 그 사람 한 명 때문에. 실제로 남미 여행에서 우루과이를 다녀올 기회도 있었지만, 굳이 가고 싶은 마음이 들지 않았다. 그만큼 그녀가 심어준 우루과이의 안하무인 이미지는 강력했다. 쉽게 지워지지 않았다. 예의라고는 눈곱만큼도 없던 그녀를 통해 나 자신을 돌이켜보게 되었다. 과연 나는 제대로 된 행동거지를 하고 다니는가. 대한민국이라는 이미지에 먹칠하고 다니는 것은 아닌가.

마추픽추에서 내가 취했던 태도는 충분했던 것일까. 현지인들과 싫은 내색 없이 함께 사진을 찍고 그들과의 대화를 이어가는 것만으로도 가치가 있었으려나. 정해진 답은 없다. 판단은 그들이 하는 거니까. 욕심이지만 그 순간만큼은 나란 자그마한 존재가 그들에게는 소중한 행복으로 다가갔기를, 그리고 나를 통해 바라본 우리나라의 이미지가 적어도 나쁘지만은 않았기를 조심스레 바라본다.

비행기를 놓치다

공항만큼은 빨리 가서 기다리는 편이다. 항공사 직원이 바라본 공항은 늘 알 수 없는 변수들로 가득했다. 일종의 직업병. 그러나 웬걸, 놓쳤다. 한 번도 비행기를 놓친 적 없는 내가, 그것도 전직 항공사 직원이었던 내가 비행기를 놓쳤다.

매번 하던 일이 항공권 스케줄을 변경해 주고, 항공편 지연 및 결항에 관련된 일 처리를 하던 것이었는데 실제로 비행기를 놓치니 나 역시 당황스러웠다. 언제나 고객에게는 어떻게 처리 받으면 된다고 차분하게 설명했지만 막상 그 처지에 놓이자 난 차분함을 잃었다. 그들이 왜 이성을 잃고 흥분했는지 이제야 이해가기 시작했다.

세계여행을 하면서 숱하게 비행기를 탔던 친구도 처음으로 비행기를 놓쳤다고 했다. 남미 여행에서는 왜 이렇게 처음인 경우가 많을까? 볼리비아에서 밀입국자로 오해를 받아 벌금을 낸 것부터 시작해서 페루 국경이 막혀 넘어갈 수 없던 것, 비행기를 놓친 것 등 처음 겪는 일이 다양했다.

사실 비행기를 놓친 날, 아침부터 일진이 안 좋았다. 안 좋은 일은 왜 항상 한꺼번에 오는 걸까. 탑승할 비행기는 쿠스코(Cusco)에서 리마(Lima)로 향하는 페루 국내선 비행기였고, 웹 체크인도 미리 해놓은 상태였기에 마음의 여유가 있었다. 국내선에다가 웹 체크인도 마친 상태였으니까.

마음의 여유가 문제였을까. 현금이 없던 것도 아니었는데 굳이 돈을 인출하러 ATM으로 향했다. 리마에 도착하기 전에 미리 돈을 뽑아 놓고 싶을 뿐이었는데 문제는 여기부터였다. 친구의 카드가 먹힌 것이다. 나는 남미 여행을 끝으로 한국으로 돌아가지만, 친구는 계속 여행을 해야 했기에 매우 난감한 상황이었다. 나 역시 호주에서 비슷한 경험이 있었다. 사실 어려운 처리 과정은 아니었다. 은행 창구 직원에게 주소를 말하니 며칠 후 카드를 배송해 주었다. 즉 시간만 있으면 곤란한 상황이 아니지만 우리는 바로 몇 시간 후면 쿠스코를 떠나야 했다. 그리

고 평일이 아닌 주말이라 은행이 문을 열지도 않았다. 늘 차분함을 잃지 않던 친구의 얼굴에서 처음으로 당황스러움을 보았다. 주변의 현지인에게 도움을 받아 문제를 해결하려고 노력했지만 30분쯤 지났을까 친구가 말했다.

"그냥 가자."

선뜻 알겠다고 말할 수가 없었다. 그러나 친구는 오히려 충분히 쓸 만큼 썼다고, 지금까지라도 별 탈 없이 잘 써서 다행이라며 어른스럽게 이야기했다. 주어진 상황이 충분히 짜증나고 당황스러울 만한데 이렇게 긍정적으로 받아들일 수 있다니, 친구에게 또 한 번 배우는 시간이었다.

결국 카드를 포기하고 공항으로 향했다. 우리는 우스갯소리로 비행기까지 놓치면 볼리비아에서 겪은 최악의 하루를 갱신할 수 있을 것 같다며 다소 침울해질 수 있는 분위기를 농담으로 극복해 보았다. 그렇다. 그때까지 이 농담이 실제로 벌어질 것이라곤 상상조차 하지 못한 채 웃고 즐길 뿐이었다.

공항에 도착하자마자 이상하리만큼 공기부터 낯설었다. 뭔가 새로운 문제에 직면할 것 같은 느낌이었다. 그리고 안 좋은 예감은 역시나 틀리지 않았다. 아침부터 ATM에 카드가 먹혀 가뜩이나 빠듯하게 공항에 도착했는데 체크인 카운터 줄이 지나치게 길었다. 키오스크를 이용해서 수하물을 부치려는 순간, 체크인 가능 시간이 마감되어 부칠 수 없다는 화면 문구가 나타났다. 쿵 하고 마음이 내려앉았다. 웹 체크인은 된 상태라 탑승은 가능하되 수하물은 부칠 수 없는 상황에 마주하게 된 것이다. 우리의 배낭은 기내로 들고 탈 수 없을 만큼 커서 한마디로 짐을 버리지 않은 한 해당 비행기는 놓치게 된 셈이다.

그 짧은 시간에 여러 가지 대안을 생각했다. 위탁 수하물만 없다면 탑승은 가능하니 한 사람만이라도 수하물 없이 기존 비행기에 탑승하는 방법도 있었다. 다른 한 사람이 수하물을 하나 추가해서 새롭게 티켓을 구매하면 그나마 합리적이지 않을까 싶었다. 일반적으로 할인이 많이 된 티켓은 환불이나 변경이 불가해서 생각해 낸 방법이었다. 다행히 변경 가능한 티켓이었는지 한 사람당 40불(한화 약 5만 원)의 수수료를 지불하니 다음 비행기로 변경할 수 있었고, 그렇게 함께 리마로 떠날 수 있었다.

선방했다.

40불의 수수료로 잘 마무리했다며 기뻐하는 우리의 모습을 보고 참 단순하다 싶었다. 고작 돈 2천 원을 아끼려고 무거운 빨래를 짊어지고 온갖 빨래방을 돌아다니던 우리니까. 사실 이렇게 단순하니까 별 탈 없이 여행을 지속할 수 있었다. 어찌 보면 여행자에게 가장 큰 무기는 충분한 재정도, 외국어 능력도 아닌 긍정적인 마인드가 아닐까 싶다. 물론 재정이 여유롭고, 언어가 잘 통하면 애초에 힘들고 어려운 상황을 마주치지 않겠지. 그래도 언제 어디서 어떤 일이 발생할지 모르는 여행의 특성상 긍정적인 마인드는 정말 큰 무기임이 분명했다.

"어디가 가장 좋았어요?"

"이유는요?"

누구는 풍경이 아름다워서, 만났던 사람들이 좋아서, 혹은 재미있는 액티비티를 할 수 있어서라고 말한다. 나는 어디가 가장 좋았다고 콕 집어 말하기에는 모든 여행지마다 매력이 다르기에 해당 질문을 받을 때마다 의미 없게 대답하곤 했다. 하지만 나에게 이카(Ica)라는 도시는 약간 달랐다. 여기가 좋았던 이유도 사뭇 달랐다. 사막도, 사람도 아닌 사소한 이유였다.

이미 몽골에서 고비사막을 보고 온 터라 사막에 대한 환상이 없었지만 그래도 온 김에 보자는 생각으로 이카에 있는 와카치나(Huacachina) 사막에 들렀다. 사막은 버기카를 타는 사람들의 함성 소리로 가득 찼지만 그 함성 속에서 나는 덩그러니 혼자였다. 외롭다기보다는 자유로웠다. 사진을 찍고 영상을 남기며 커다란 사막 안에서 나 홀로 자유롭게 보냈던 그 시간 자체가 좋았다.

이카가 좋았던 것은 사막보다도 다른 부가적인 이유 때문이었다. 무엇보다 중국 식당의 역할이 컸다. 우연히 발견한 중국 음식점이었는데 가격도 저렴하고 맛도 좋았다. 머무는 기간 내내 빠짐없이 출석 도장을 찍을 만큼 가성비 최고의 음식점이었다. 한식까지는 아니지만 평소 익숙한 중국 음식은 행복을 느끼기에 충분했다. 게다가 예약했던 숙소에 문제가 생겨 무료 업그레이드라는 깜짝 선물도 받았고, 오랜만에 접한 커다란 쇼핑몰에서 도넛 한 조각의 여유도 부릴 수 있었다. 사소하지만 이카가 좋았던 도시로 기억되기엔 충분한 이유였다.

소소한 이유로 채워진 나만의 여행지가 생긴다는 건 여행자로서 받을 수 있는 특별한 선물이었다. 오로지 내게 의미 있는 이유로 가득 찬.

트레킹은 없다

와라즈(Huaraz)는 페루 트레킹의 성지이다. 트레킹을 좋아하는 사람이라면 지나치기 쉽지 않다. 나 역시 굳이 코스를 역행하면서까지 와라즈에 입성했다.

한국인들에게 가장 유명한 투어는 69호수로, 당일치기 코스이다. 파론 호수, 파스토루리 빙하도 인기가 많지만 산타크루즈 트레킹은 3박 4일이 소요된다는 부담감 때문인지 아직까지 한국인에게 인기가 많지는 않다. 하지만 나는 산타크루즈 트레킹이 끌렸다. 사실 산타크루즈 트레킹은 당나귀가 짐도 들어주고 가이드가 식사며 텐트며 모든 것을 해주기 때문에 황제 트레킹으로 유명한데, 히말라야를 다녀왔다는 경험이 우릴 교만하게 만든 걸까. 스스로 헤쳐 나가고 싶었다. 결국 나흘 치의 식량과 텐트, 침낭 등 무거운 짐을 지고 패기 넘치게 트레킹을 시작했다.

첫째 날, 다른 수식어가 필요 없었다. 죽을 만큼 힘들었다. 코스가 힘든 것보다도 짐이 지나치게 무거웠다. 인간적으로 너무 힘들었는데 내가 오고 싶어서 데려온 친구 앞에서 차마 힘들다고 불평할 수 없었다. 애초부터 산타크루즈 트레킹에 관심 없던 친구는 얼마나 짜증이 났을까. 미안함이 가득했다. 그런 친구를 앞에 두고 어찌 불평했겠는가, 그랬다면 우리의 인연은 거기까지였을 테다. 결국 목표 지점까지도 도착하지 못하고 텐트를 쳤다. 그리고 나흘 안에 마무리 지으려면 내일은 두 배 이상 더 많이 걸어야 한다는 결론이 나왔다.

내가 왜 이걸 시작한 거지?

갑자기 엄마가 보고 싶어졌다. 대충 저녁을 해결하고 내일을 위해 일찍 잠들었다. 해가 지니 본격적으로 추위가 찾아왔다. 역시 산속의 공기는 차가웠다. 침낭을 꽁꽁 싸매도 냉기가 느껴졌다. 추위와 싸우며 힘들게 잠을 청하고 있는데 뒤척이는 친구를 발견했다. 어김없이 찾아온 고산병이었다. 힘들어하는 친구의 모습을 보니 안쓰럽기 짝이 없었다. 회의감도 심하게 밀려왔다. 도대체 우리는 왜 이 외딴 산속에서 이러고 있을까? 한 명은 고산병으로 골골대고, 한 명은 추위에 벌벌 떨고. 누구를

위한 트레킹인가.

둘째 날이 밝았다. 소설이나 영화를 보면 주인공은 고된 역경에도 불구하고 마침내 목표를 달성하는 경우가 대부분인데, 우리는 역시 영화 속의 주인공이 아니었다.

"내려가자."

우리의 결론이었다.

친구는 내 결정에 따르겠다고 끝까지 배려해 주었지만, 새벽에 고산병으로 고생하는 친구의 모습을 보니 차마 올라가자고 할 수 없었다. 나 역시도 너무 힘들었기에 트레킹을 완주할 자신이 없었다. 결국 포기하기로 결정하고 오던 길로 되돌아가기 시작했다. 발걸음이 가벼웠다. 커다란 변수를 만나기 전까지는.

호수조차 못 보고 돌아가기엔 아쉬워서 가는 길에 있는 호수 근처에서 1박이라도 캠핑을 하고 싶었다. 그러나 뜻대로 되지 않는 것이 이번 트레킹의 컨셉이라도 되듯 버스가 이미 끝났다. 걸어가기엔 무려 이틀이나 걸리는 거리였다. 혹시나 돌아가는 아무 차량이라도 있을까 하고 도로 주변을 걸으며 서성였지만 결과는 실패였다. 결국 또 산속 아무 데나 텐트를 치고 잠을 자기 시작했다.

셋째 날, 버스를 알아보기 위해 아침 일찍부터 마을을 돌아다녔다. 죽지 말라는 법은 없는지 다행히 있었다. 하지만 또 하나의 변수가 생겼다. 이번에는 좋은 변수였다. 알고 보니 와라즈로 직행하는 버스였던 것이다. 갑자기 마음이 흔들렸다. 일반적으로 와라즈가 아닌 융가이(중간 지점)까지만 가는데 와라즈 직행이라니. 행복한 고민에 잠시 빠졌지만 이미 지칠 대로 지쳐버린 우리는 호수가 아닌 와라즈를 선택했다.

그렇게 우리의 산타크루즈 트레킹이 끝났다. 한마디로 아무것도 본 것 없는 트레킹이었다. 당나귀가 짐을 들어줄 때 감사히 맡길 걸 괜히 오기를 부리다가 직접 당나귀가 되어보는 체험만 하다 끝나버렸다. 쉽게 접할 수 없는 특별한 경험이었다고 위안 삼아 보지만 사실은 와라즈까지 들러서 69호수도 못 보고, 아무것도 보지 못한 비운의 여행자 타이틀을 얻었을 뿐이다. 물론 다른 것도 얻긴 얻었다. 당분간 여행에서 트레킹은 없다는 굳센 다짐.

여행의 의미

여행을 통해 시야가 넓어지고 세상을 바라보는 눈이 달라진다는 말을 싫어한다. 해외에 얼마나 있다고 그렇게 시야가 넓어지면 누구나 하던 일을 때려치우고 여행을 떠나지. 막연한 기대감을 주는 여행자의 달콤한 말은 무책임하게 느껴진다. 본인들만 당할 수 없으니 남들도 당하라는 놀부 심리와 다를 게 없달까.

환상은 그저 환상에 불과하다는 것을 몸소 깨닫고 오라는 그들의 배려일 수도 있겠다. 하기야 본인들도 여행을 떠나기 전 얼마나 커다란 환상에 젖어 있었을까, 내가 그랬던 것처럼. 그러나 인생에 변화를 줄 만큼 심오한 깨달음은 여행으로 채워지지 않았다.

그럼 여행을 떠난 걸 후회해?

아니, 전혀.

후회는커녕 앞서 이야기한 게 무색할 정도로 나는 여행을 떠나라고 말한다. 물론 선택은 본인 몫이기에 전혀 강요하지도 강요하고 싶지도 않다. 커다란 깨달음을 얻지도 못한다면서 뭘 그리 당당하게 추천하냐고 묻는다면 대답은 딱 하나.

자신감.

단순히 여행을 좋아하는 줄만 알았다. 여행이라는 존재 자체만으로도 좋긴 하지만, 새로운 환경에서 스스로 문제를 해결해 나아가는 내 모습이 좋았다. 주체적인 나를 찾을 수 있는 시간이었다. 예상치 못한 변수에 숱하게 당황하기도 했지만, 어떻게든 풀어나가며 그 과정을 통해 자신감이라는 무기를 선물 받았다. 그렇게 나는 방금 막 번데기에서 태어난 나비처럼 훨훨 날아오르고 있었다.

하루는 누군가가 내게 물었다. 왜 이렇게 사서 고생하는 여행만 찾냐고. 그때 당시에는 제대로 대답하지 못했다. 그러나 이제는 말할 수 있다. 나에게 여행은 자신감이었고, 고되고 힘든

여행일수록 해냈다는 자신감은 더욱 커지기에 은연중 오지 여행을 추구하고 있던 것이다. 오지 여행을 향한 나의 애정이 왜 이리 각별했는지 이제야 퍼즐이 맞춰진다.

퇴사 후 여행의 시작은 지친 마음을 위한 위로였지만 여행의 끝은 달랐다. 거대한 무언가를 깨닫고 오지는 못했지만, 적어도 여행은 선생님이라는 꿈을 향해 꾸준히 나아가게 해준 발판이 되었다. 주체적으로 살아갈 용기, 까짓것 못할 게 뭐 있겠냐는 패기를 얻고 돌아왔으니 말이다. 그걸로 여행의 의미는 충분했다.

3장 —

꽃이 다시 피었습니다

대학원 논문 프로포절(논문 계획서 발표)을 위해 떨어지지 않는 발걸음을 뒤로한 채 한국으로 돌아왔다. 여행길에서 숱하게 헤어짐을 경험했지만, 이번에도 어렵긴 마찬가지였다. 꼭 남녀 간의 이별이 아니어도 세상에 존재하는 모든 이별은 슬프다. 해도해도 어려운 것이 이별이다.

"안녕, 한국에서 보자."

그렇게 우리는 다시 한번 헤어졌다.

논문을 통과해야 비로소 선생님이 될 자격이 주어진다. 논문 주제는 여행 영어였다. 좋아하는 주제다 보니 더욱 애정을 갖고 논문을 쓸 수 있었지만, 애정이 컸던 만큼 증오도 컸다. 애

증의 관계였다.

우여곡절 끝에 논문을 통과했고, 드디어 교원자격증을 얻을 수 있었다. 멀리 돌고 돌아 한 발짝 가깝게 선생님의 꿈에 다가설 수 있었다. 세상과 타협하면서 꿈으로만 남겨놓았던 선생님을 할 수 있다니 행복했다. 그리고 대견스러웠다. 항공사를 퇴사하고, 이제 대학원만 열심히 다니면 될 거라고 생각했지만 세상은 그렇게 호락호락하지 않았다. 아니, 내 마음가짐의 문제였다. 불안했다. 이십 대 후반에 직장 하나 없이 공부만 하는 내 모습이. 비교가 자존감을 갉아먹는 걸 알면서 왜 자꾸만 하는지 모르겠다. 그 누구도 일하라고 눈치 주지 않았지만 일해야만 할 것 같은 강박관념에 휩싸여 학원 강사, 여행사 오퍼레이터, 여행 인솔자 등 쉬지 않고 일을 하면서 대학원과 병행했다. 뭐가 그리 불안해서 왜 그렇게 일을 하려고 했는지, 과연 누굴 위한 일이었는지 알 수 없지만 그래도 결국 해냈다는 것에 커다란 의의를 두고 싶다.

그리고 지금, 나는 서울의 한 사립 초등학교 영어 교과전담 선생님이다.

첫 번째 교직 생활이라는 설렘도 잠시, 생각지도 못한 변수가 생겼다. 3월 새 학기만을 기다리고 있었는데 코로나가 심각해지는 바람에 개학이 연기되었다. 아이들을 빨리 만나고 싶은데 자꾸만 미뤄졌다. 봄은 왔는데 학교에는 봄이 오지 않았다. 꽃이 피고 날씨도 따듯해지는데 학교는 여전히 썰렁했다. 학교의 꽃인 아이들이 와야 비로소 봄이 오나 보다.

결국 정식 수업이 아닌 돌봄 교실에서 아이들을 처음 만났다. 1학년 돌봄 교실이었다. 교생 실습을 제외하고 학교에서 아이들을 만나는 것은 처음이었기에 두근두근 떨렸다.

초등학생이 이렇게도 작고 귀여웠나?

아이들을 보자마자 처음으로 든 생각이었다. 순수한 얼굴로 까르륵 웃는 얼굴을 보니 나의 입가에도 미소가 번졌다. 고양이 사진을 보고 귀엽다고 사랑스럽게 이야기하는 아이에게 네가 더 귀여워라는 말이 절로 나왔다. 알파벳 댄스 영상만 보여줘도 난리가 났다. 어찌나 좋아하던지 서로 따라 하려고 난리도 아니었다.

물론 아직 입학식도 하지 않은 아이들이어서 유치원생 티를 벗어내진 못했다. 담임 선생님과 수업을 해본 적도 없으니 수업의 개념이 무엇인지도 몰랐고, 설상가상으로 수업 시간이 1시간 30분으로 너무 길었다. 일반적으로 초등학교 수업 시간이 40분인 걸 감안하면 그렇게 긴 수업 시간을 집중하기는 쉽지 않았을 것이다.

여기저기서 아우성이 들려왔다.

"화장실 가고 싶어요."
"물 마시러 가고 싶어요."
"머리 묶어주세요, 선생님."

정신이 하나도 없었다. 1학년에게 화장실은 아직 무서운 존재였다. 혼자 가기 무섭다며 나와 함께 화장실을 가자는 남자아이가 있었다. 선생님은 여자라서 같이 갈 수 없다고 설득을 해도 깜깜해서 무섭다, 물 내리기가 무섭다 등 여러 가지 이유를 나열하면서 나를 데려가려고 했다. 결국 아이는 눈물을 터뜨렸고 다른 남자아이에게 부탁해서 함께 화장실을 보냈다. 돌봄 교실이 끝날 때까지 둘은 그렇게 영원한 화장실 메이트가 되었다.

돌봄 교실이 끝나고 한 달쯤 지났을까.

"선생님!"

돌봄 교실에서 만났던 지우가 나를 보더니 두 팔 벌리고 해맑게 달려왔다. 나를 꼭 안으며 내 품속으로 쏙 들어왔다. 순간 뱃살을 의식하긴 했지만 그래도 아이의 사랑스러움을 이길 수는 없었다. 돌고 돌아 이제야 걷게 된 교직의 길이라 설렘이 가득했지만 동시에 걱정도 되었다. 나이 서른쯤에 어렵게 이룬 꿈인데 막상 적성에 맞지 않으면 어떡해야 하나. 그러나 다행히 아이들이 사랑스럽다. 주변의 몇몇 교사가 말하기를 본인은 아이들이 싫다는데 다행이다. 나는 아이들이 좋다.

4월이 훌쩍 지났는데도 코로나는 잠잠해질 생각을 하지 않았고 결국 온라인 개학이라는 사상 초유의 사태가 발생했다. 교실에서 아이들과 함께 하는 수업이 이렇게 어려울 줄이야. 언제쯤 아이들을 만날 수 있을까.

영상을 촬영하여 수업을 업로드하고, 과제를 통해 개별 피드백을 해주는 방법으로 진행되었다. 첫 촬영부터 다사다난했다. 다양한 방법을 시도하다 보니 한 주가 훌쩍 지났다. 듀얼로 촬영해서 화면 한구석에 조그맣게 내가 나오는 방법, 피피티를 띄워 목소리로만 등장하는 방법, 삼각대를 사용하여 일반적인 인강 수업처럼 촬영하는 방법 등 각양각색의 시도를 해보았다.

만천하에 얼굴을 알릴 마음의 준비가 되지 않아 삼각대는 끝까지 피했지만, 어쩔 수 없었다. 사실 얼굴 공개를 꺼린 솔직한 이유는 유튜브에 업로드된 선생님들 소개 영상 때문이었는데, 충격 그 자체였다.

내가 이렇게 못생겼었나?

열 살짜리 조카에게도 연락이 왔다. 착한 조카는 이모가 유튜브에 나와서 신기하고 좋다고만 말할 뿐 내 얼굴에 대해서는 별말이 없었다. 못난 얼굴을 보여줘서 미안하다고, 다음번에는 더 예쁘게 찍어 보겠다고 대답했다. 그만큼 화면 속 얼굴이 부끄러웠다.

내 담당은 1학년이었고, 가뜩이나 집중력도 부족한데 선생님 얼굴까지 없으면 수업이 어렵겠다는 생각이 들었다. 카메라 앞에서 아이들도 없이 떠들려니 힘들고 낯설었다. 혼자서 북 치고 장구 치고 원맨쇼가 따로 없었다. 목소리 톤도 높아야 했고, 말투나 행동 전부 아이들 눈높이에 맞춰야 했다. 나중에 내 영상을 보고 있자니 분명 나임에도 불구하고 손발이 오글거려서 도저히 못 볼 정도였다. 이런 영상들이 퍼질 생각을 하니 눈앞이 깜깜해졌다. 그래도 어쩌겠나, 선생님의 자리가 쉽지 않다는 걸 다시금 깨달았다.

시간이 흘러 어느덧 카메라 앞에서 뻔뻔해지기 시작했다. 오글거리던 말투도 익숙해져 갔고, 촬영은 물론 영상 편집도 나름 능숙해졌다. 이쯤 되니 내가 유튜버인지 선생님인지 헷갈리기 시작했다. 빨리 등교 개학을 하기를 손꼽아 기다렸다. 유튜버가 아닌 선생님으로 아이들을 어서 만나기를 꿈꾸면서.

드디어 너희를 만나다

5월 27일, 오랫동안 굳게 닫혔던 교문이 열렸다. 다섯 번의 연기 끝에 드디어 등교가 시작되었다. 상상도 못한 날짜였다. 저학년이 제일 늦게 개학할 줄 알았는데 예상을 깨고 1, 2학년의 개학 날짜가 가장 빨랐다. 등교라니, 아이들을 만나기만을 손꼽아 기다렸는데 왠지 모르게 기분이 뒤숭숭했다. 하루 전날 밤조차 내일이면 정말로 아이들을 만나는 건지 실감이 나지 않았다.

잠시 죽어 있던 학교가 이제야 숨을 쉬었다. 복도가 아이들의 시끌벅적한 소리로 가득 찼다. 오랜만에 친구들을 만난 아이들에게 사회적 거리두기는 말도 안 되는 법이었다. 그러나 반가움도 잠시, 아이들은 책상 위 칸막이 속으로 다시 들어가야 했다. 급식을 먹을 때도 한 칸씩 띄어 앉아서 말도 하지 못한 채 밥만 먹어야 했다. 급식실 자체가 처음인 데다가 칸막이 안에서 거리를 두며 급식을 먹는 상황이 신기해서 두리번 두리번거리는 아이들은 선생님에게 꾸지람을 들을 뿐이었다. 하루 종일 마스크를 끼며 수업을 듣는 아이들이 안타까웠지만 아이들은 항상 해맑았다. 코로나 사태 아래 어른도 답답하고 버거운데, 아이들은 시종일관 천진난만했다.

천진난만한 아이들 덕분에 연예인도 되어 봤다. 영상 속에서만 나를 보다가 대면으로 처음 만나니 마치 텔레비전에서 본 연예인을 실제로 만난 것마냥 신기해하며 좋아했다. 복도나 급식실에서 마주친 아이들은 나를 흘깃 쳐다보면서 자기들끼리 영어 선생님이라며 내가 다 들리게 속닥거렸다. 혹여나 반갑게 인사를 해주면 까르륵 좋아했다. 실제로 나를 보니까 신기하다며 만져보는 아이도 있었고, 영상으로 수업을 잘 듣고 있다며 의젓하게 감사 인사를 건네는 아이도 있었다. 오로지 아이들에게서만 볼 수 있는 순수함과 사랑스러움이었다.

수업이 끝나고 교무실로 돌아가면 쪼르륵 달려와서 한마디라도 더 하려고 말을 걸었다. 가족사진을 그리는 시간이었는데, 수업 시간 내 완성하지 못한 친구가 헐레벌떡 뛰어와 다 그렸다며 뿌듯하게 그림을 보여줬다. 아이들의 순수함은 생각보다 더욱 진했다. 선생님은 아이들을 이끌어주는 존재라고만 생각했다. 그들이 꿈과 희망의 날개를 펴고 하늘 높이 날아갈 수 있도록. 그러나 막상 아이들을 만나고 나니 도리어 내가 그들에게 많은 영감을 받고 있더라. 그들은 나를 순수하고 예쁜 길로 인도하고 있었다.

선생님이라면 어른일 줄 알았는데 여전히 어른이 되기에는 한없이 부족했다. 어른이란 위치에서 오히려 아이들에게 배우고 있었다. 그렇게 오늘도 나는 아이들에게 배우는 중이다.

알파벳 색칠 공부 시간이었다. 예쁘게 알파벳을 색칠해 보자는 말에 어느 한 여자아이가 대답했다.

"선생님, 대충 색칠하면 안 돼요?"
"안 되죠. 다연이처럼 예쁘게 알파벳 친구들을 색칠해 줘야죠."
"저는 예쁘지가 않은데요?"

순간 말문이 막혔다. 귀여운 외모에 성격까지 밝아서 돌봄 교실 때부터 관심이 가던 아이였는데, 결코 예상치 못한 대답이었다.

"세상에 예쁘지 않은 사람은 없어요. 다연이는 예쁜 친구니까 다연이처럼 예쁘게 알파벳 친구들을 색칠해 주세요."

의아하다면서 고개를 갸우뚱거리지만 아이의 입가에 미소가 번졌다. 색칠이 삐져나오지 않도록 자그마한 손으로 색연필을 꽉 쥔 채 꼼꼼히 색칠하고 있는 다연이를 볼 수 있었다. 그리고 예쁘게 다 색칠했다고 활동지를 머리 위로 흔들며 해맑게 웃었다.

수업이 끝나고 잠시 사색에 잠겼다. '예쁘다'라는 세 글자. 예쁘다는 기준은 누가 세운 것일까. 여덟 살짜리 꼬맹이가 본인을 예쁘지 않다고 정의 내리고 있다. 아이들이 스스로 아름다움의 기준을 판단할 수 있는 능력이 될까. 어른들이 먼저 기준을 정해버리고 아이에게 그 기준에 따라 판단하도록 세뇌시킨 것은 아닐까. 무언가를 예쁘게 해보자는 말도 조심스러워졌다. 예뻐야 좋은 것이라는 인식을 무의식중에 심어주고 있는 것처럼 느껴졌다.

외모지상주의가 만연하는 요즘, 아이들의 눈을 갖고 살아가보고 싶다. 그들이 바라보는 아름다움은 어떤 것인지 알고 싶다. 적어도 어른들이 만든 잣대와는 다를 것 같기에.

호떡 뒤집듯 등교 지침은 계속 바뀌었다. 등교수업으로 커리큘럼을 짜놓았다가 하루아침에 온라인과 병행이 되어버렸다. 코로나라는 변수를 이해하지만 배려는 눈곱만큼도 없이 갑작스럽게 통보해버리는 교육부가 얄미울 따름이었다. 당장 내일까지 영상을 제작해야 했다. 꼬박 밤을 새웠다. 아니나 다를까 피곤하면 어김없이 나타나는 다래끼가 또 등장했다. 평상시에는 다래끼가 날 조짐이라도 알려주는데 이번에는 어떠한 낌새도 없이 바로 다래끼가 났다. 그것도 째지 않으면 안 될 정도로 심하게.

결국 다래끼를 쨌다. 조금만 울어도 눈이 퉁퉁 붓는 나에게 영상은 역시나 무리였고, 눈 한쪽을 안대로 가린 채 촬영을 했다. 다래끼가 심각한 병도 아니고 그저 피곤하면 생기는 가벼운 증상일 뿐인데 아이들에게는 아니었나 보다. 만나는 아이들마다 걱정되는 눈빛으로 괜찮으냐며 물어보았다. 그리고 유독 내 마음을 찡하게 만든 한 마디가 들려왔다.

"선생님이 아파서 저도 마음이 아팠어요. 선생님 아프지 마세요. 제가 아프니까요."

여덟 살짜리 꼬마는 나에게 커다란 울림을 주었다. 울먹이며 말하는 윤이의 말은 단순한 한 마디를 넘어선 따뜻한 위로였다. 나를 마음으로 달래주는 위로.

회사에서 일할 때 아프다고 그 누가 나를 이렇게 진심으로 걱정해 준 적이 있었나. 나의 아픔을 위로해 주기는커녕 몸 관리도 능력이라며 꾸지람만 들었지. 도리어 마음까지 아프게 만드는 어른들보다 상대방의 아픔을 공감할 줄 아는 아이들이 훨씬 어른스러웠다. 나를 향한 그들의 위로는 진심이었다. 그들을 위해서라도 아프지 말아야겠다는 생각이 들 만큼. 분명 우리도 아이들처럼 진심으로 상대방의 아픔을 공감해 주고 위로해 주던 시절이 있었을 텐데 왜 이렇게 삭막해졌을까. 나 살기 바빠서 누군가를 돌이켜 볼 여유마저 허락되지 않아서일까. 아이들은 위로하는 방법에 대해 따로 배우지도 않았지만 어떻게 위로해

야 하는지 알고 있었다. 사람에게 내재된 공감 능력이자 본능
이라는 의미인데, 우리는 본능을 억제할 만큼 분주하고 급급하
게 살아가고 있었다.

선생님은 아이들에게 생각보다 더욱 커다란 사랑을 받는 존
재였다. 아이들에게 사랑을 나눠주기도 바쁜데 받는 사랑까지
많아서 정신이 없지만, 이런 바쁨이라면 언제나 환영이다. 사랑
을 받을 줄 알아야 나눠줄 줄도 안다던데, 아이들은 어찌 알고
이렇게 과분한 사랑을 주는 걸까. 그들이 나눠주는 사랑이 의미
를 잃지 않도록 한결 더 사랑 넘치는 선생님이 되고 싶어졌다.

1993년 3월에 태어난 소녀는 유치원 입학 추첨에서 떨어졌다는 다소 황당한 이유로 일곱 살에 초등학교에 입학했다. 남들보다 1년을 일찍 들어갔기에 또래에 비해 항상 작았던 소녀는 초등학교 6년 내내 키 번호 1번을 담당했다. 그렇게 자그마한 소녀였지만 꿈이 뭐냐는 질문에 한 치의 망설임도 없이 선생님이라고 대답하는, 꿈에 대한 열정만큼은 커다란 소녀였다.

특출나게 잘하지는 않았지만 그저 영어를 좋아한 소녀는 영어 교육과를 꿈꾸며 대학입시를 준비했다. 하지만 보기 좋게 수능을 망치고, 예상치 못한 공대의 길을 걷게 됐다. 문과 소녀에서 하루아침에 이과 소녀로, 학창 시절 배우지도 않았던 미적분은 기본 상식으로 알아야 했고 고등학교 1학년 이후로 손 놓았던 물리, 화학, 생물을 다시 접해야 했다.

도저히 따라갈 수 없는 어려운 내용에 갈수록 공부와 멀어졌다. 동시에 어릴 적부터 꿈꿔온 교사의 꿈도 점점 멀어졌다. 그렇게 대학교 1학년이 끝났고, 곤두박질친 학점은 당연한 결과였다. 결국 휴학계를 내고 무작정 호주로 어학연수를 떠났다. 지긋지긋한 공대 공부에서 좋아하는 영어 공부를 하니 이제야 정말로 공부하는 듯했다.

　이때부터였을까.
　사람은 역시 하고 싶은 것을 하고 살아야 한다고 느낀 게.

　영어영문학과로 복수 전공도 성공했다. 바닥을 친 학점을 끌어올리기란 쉽지 않았다. 남들은 지원만 하면 다 되는 복수 전공을 두 번의 도전 끝에 힘겹게 성공했다. 주전공과 도저히 맞지 않아 찾은 길이 항공사였고, 새로운 길을 개척했음에 자부심을 느꼈다. 그렇게 항공사가 평생직장이 될 줄 알았다. 그러나 뜻대로 되지 않는 것이 인생이라고 했던가, 항공사 직원이라는 타이틀은 오래가지 못했다. 일에 대한 회의감을 느낄 때마다 꿈틀대는 교사의 꿈을 도저히 모른 척할 수 없었다.

　정말 오래도 걸렸다. 어린 시절부터 꿈꿔온 꿈을 이루기까지

거의 20년이 걸렸다. 항공사 직원, 여행사 오퍼레이터, 여행 인솔자를 거쳐 이제야 걷는 교직의 길이다. 멀리 돌고 돌아온 만큼 지금 걷고 있는 이 길이 맞는 길이기를 간절히 바라본다. 절실했던 마음으로 매 순간 후회 없이 최선을 다할 것이다. 설령 새로운 꿈이 생겨도 훗날 돌이켜봤을 때 미련 없을 만큼.

하고 싶은 대로 살았다. 여행을 가고 싶어서 여행을 갔고, 선생님을 하고 싶어서 선생님이 되었다. 하고 싶은 일이 생기면 그게 뭐가 되든 우선 발이라도 담가봐야 직성이 풀리는 기구한 운명인가 보다. 지금은 꾸준히 교육자의 길을 걷고 싶다. 물론 가슴 뛰게 하는 또 다른 어떤 일이 나를 기다리고 있을지도 모르지만.

한 치 앞을 모르는 우리의 인생에 계획을 세우고 살아가는 것이 의미가 있을까. 조금이라도 쉬어가면 뒤처진다고 압박만 주는 사회에서 오늘도 아등바등 버텨본다. 그렇게 매일을 빡빡하게 살아가는데 한 번쯤은 마음 가는 대로 살아가도 괜찮지 않을까. 우리는 충분히 그럴 자격을 가질 만큼 열심히 살아왔으니까. 그 누구도 비난할 자격은 없다. 그 한 번이 인생의 새로운 전환점이 될지는 아무도 모르는 법이다. 따분한 일상에 활력을 선사해 줄 커다란 반전은 어쩌면 우리를 손꼽아 기다리고 있을지도 모른다.